SCRIVERE E' LIBERTA'
ANTOLOGIA DEL CONCORSO LETTERARIO
1° EDIZIONE

PREFAZIONE

Scrivere è libertà non è stata solo la realizzazione di un sogno. Ma la visione di un domani che attraverso la cultura potesse fungere da faro per il futuro, nel nostro piccolo, dell'intera Penisola.
Tutto è nato quasi per caso.
Veniamo da esperienze diverse, abbiamo interessi differenti e ognuno si caratterizza per le proprie peculiarità.
Questo insieme di elementi discordanti è stata, però, la nostra vera forza.
Che ci ha permesso di costruire qualcosa di solida che vada oltre i confini regionali e oltre la personalità del singolo.
Che attraverso la forza del gruppo colga l'occasione per costruire qualcosa di molto più grande e molto più profondo.

Scrivere è Libertà, inoltre, ci ha permesso di fuggire per un attimo dalla situazione che stiamo vivendo da diversi mesi. Comparendo nelle nostre vite come una possibilità.
Quella di effettuare un viaggio.
Un viaggio immaginario che, attraverso la scrittura, porti gli autori – e, successivamente, i lettori – a oltrepassare quella cortina imposta dalla pandemia.

Ecco, in questo modo singolare e quasi inusuale per la diversità degli organizzatori, è nato il Concorso letterario.
Che ci ha permesso di scoprirci, apprezzarci e farci crescere ancor di più.
Siamo entusiasti di quanto fatto e, dato il successo di questa prima edizione, pensiamo non sia assolutamente giunto il momento di fermarsi.

Passando al nostro contest, non possiamo che ritenerci più che soddisfatti.
Il successo è stato enorme, anche più di quanto ci aspettassimo all'inizio.
Ciò che ci ha soddisfatto maggiormente è essere arrivati praticamente ovunque in Italia e aver coinvolto tante *generazioni* di scrittori.

Questo ci ha consentito di scoprire tante cose.
Innanzitutto che c'è una vasta schiera di validi autori in grado di tenere alta la bandiera della letteratura.
E poi che nel nostro Paese è possibile arricchirsi culturalmente in ogni modo, attraverso anche uno spirito che tenda a mettersi in gioco in determinate occasioni.

L'antologia che state per leggere ha un doppio significato.
In primo luogo, come giusto sia, l'intenzione del nostro contest è quella di dare lustro a tutti coloro che ogni giorno cercano di metterci del proprio in questo splendido mondo.
A ciò si collega poi il secondo obiettivo di Scrivere è libertà.
Con questa raccolta di racconti, che mira a magnificare il lavoro fatto, intendiamo ringraziare quanti hanno creduto nella bontà del progetto e nell'importanza che la scrittura – e la cultura in generale – hanno nella nostra vita quotidiana.

L'organizzazione del Concorso letterario Scrivere è libertà

LA ROSA E LA FARFALLA

Lulù (Luana Ambrosio)

Rilassati! - disse la farfalla al bruco - a che serve agitarsi tanto, piangere per questa prigione in cui vivi da giorni? Non riuscirai con le lacrime a distruggere questa corazza, non sarà un tuo lamento a far schiudere le tue ali. Respira forte, senti quanto leggera sia la culla che ti ospita? Riesci a intravedere la luce fra le pareti che ti circondano? Immagina il vuoto intorno a te e alla fine di esso una vita nuova, fatta di suoni e profumi, di voci e sapori. Non è così difficile accettare una condizione avversa se impari ad amare prima te stesso.

Tutti custodiamo ferite, alcune di esse non si rimargineranno mai altre, invece, neanche più le ricorderai. Osserva la mia ala, noti questa cicatrice? È stata un fiore a procurarmela, sì, proprio un fiore, quel fiore che dovrebbe garantire cibo, vitalità, energia.

Ero lì, spensierata e volavo leggiadra, quando da lontano vidi una rosa rossa, meravigliosa, mi avvicinai con una voglia immane di farla mia, ma troppo presa dalla setosità dei suoi petali, non mi accorsi di quante spine difendessero la loro regina, di quanto fragile potesse essere un fiore così bello.

Ferita, volai fino a terra. L'ala era lacerata ma lo splendore di quella rosa continuava a sovrastare in quel prato abitato da tanti altri fiori così comuni e insignificanti.

La ferita guarì, neanche più rammentai il dolore provato secondi prima ma il suo profumo rimase in me in eterno. Ti chiedo quindi: cosa avrebbe fatto un essere umano al posto mio? L'avrebbe recisa, quasi per vendetta o per invidia, dando a lei la colpa di quella ferita sanguinante senza accorgersi di quanto frettolosa fosse stata la sua mano.

Non soffermarti mai all'apparenza, non peccare di ingordigia o di vanità ma soprattutto non paragonare la tua rosa ai tanti mille fiori che incrocerai nel mondo che ti ospiterà; esiste diversità, ecco perché dovremmo imparare a stupirci del niente.

Fra qualche ora il tuo guscio si schiuderà, sarai una farfalla come me ma avrai una tua particolarità: i colori che il destino ti avrà donato. Quindi non sarai più una farfalla come le altre, sarai *La Farfalla.*

La tua vita sarà breve, ma non crogiolarti in pensieri futili. Libera la mente, il passato non deve esistere, goditi questo momento, non lamentarti dell'aria fredda, del sole arroventato o della pioggia battente; sorridi sempre e vola, perché non c'è niente di più bello del dissetarsi del nettare di un fiore, lasciarsi cullare dalla brezza estiva o riposare sulla mano di un bambino.

Ho visto tante mie sorelle spegnersi senza aver goduto neanche un singolo momento di ciò che la vita aveva concesso, io invece mi sento libera, libera da ogni turbamento, libera da ogni paura, libera da quell'ansia di esistere che rende un essere umano simile ad un manichino.

Ricorda: sarai una farfalla come le altre ma per qualcuno potresti diventare *La farfalla* e allora il tuo ricordo sarà eterno, come eterna sarà la tua felicità e la tua bellezza.

Fu così che il bruco smise di piangere e fra dolore e sorpresa mutò da crisalide a farfalla, una farfalla consapevole di sé stessa e di quelle 24 ore che per lei avrebbero significato VITA.

Tanti occhi la osservarono, per alcuni apparì insignificante, simile alle altre farfalle, ma quando incrociò quella rosa rossa allora tutto ebbe un senso, ripensò alle parole dell'amica, guardò quella rosa da lontano con ammirazione e fu in quel momento che le spine abbassarono la guardia, i petali si schiusero e accolsero quel corpicino così leggiadro e fragile.

Era stata la scelta di qualcuno. Per qualcuno lei diventò importante, eterna, come un ricordo.

IO INCIAMPAVO

Guido Rella

Non era tanto il dolore a darmi fastidio, quanto il dover nascondere i lividi e le ferite. Io inciampavo spesso e cadevo, graffiandomi i gomiti e le ginocchia. Le mie gambe e le mie braccia erano come la tavolozza di un pittore, con tutte le variazioni di colore del viola, del marrone e dell'azzurro. Per fortuna, tutte le volte che inciampavo, riuscivo a mettere le mani avanti e non battevo la faccia, altrimenti mi sarebbe costato una fortuna il cambio degli occhiali. E sì, forse erano proprio gli occhiali che mi facevano inciampare sempre. Ero nato con la miopia giovanile e sin da quando avevo quattro anni, ho portato gli occhiali. I primi, avevano la montatura pesante di osso di tartaruga, proprio perché mio padre si era accorto che cadevo sempre e aveva paura che mi si rompessero. Ogni anno cambiava la diottria e dovevo aggiornare le lenti, ma nonostante la correzione, io inciampavo sempre e avevo tanti lividi addosso. Di giocare a pallone non se ne parlava proprio. Dovevo accontentarmi di guardare i miei compagni correre dietro alla palla e gioire per un gol, seduto sul muretto o sulla panchina. Avevo provato anche ad andare in bicicletta, ma anche lì cadevo spesso. Avevo difficoltà a scrivere, perché i lividi che mi procuravo ogni volta che inciampavo, mi facevano provare dolore alle braccia e alle mani. La maestra si lamentava della mia calligrafia tremante e poco chiara. Non mi chiamava mai alla lavagna, perché facevo fatica a scrivere in alto e i miei compagni non comprendevano quello che scrivevo. Una mattina, mentre stavo provando a scrivere un tema, entrò in classe un signore accompagnato dal direttore. Parlò a bassa voce con la maestra, poi vidi che indicava me e fui invitato a uscire dalla classe. Mi portarono in una stanza e mi chiesero come mai avessi le braccia e le gambe piene di lividi. Io glielo dissi che inciampavo spesso, anche due o tre volte al giorno e cadendo, mi facevo male. Mi proposero di fare un gioco: dovevo camminare su una fila di mattonelle con gli occhi chiusi e le mani dritte avanti, fermandomi appena avessi toccato il muro di fronte. Era divertente, però avrei voluto che ci fossero anche i miei compagni a giocare con me. Quando tornai a casa, mio padre e mio fratello mi chiesero di quello strano gioco. Feci vedere loro di cosa si trattava, ma dopo tre passi, mi trovai a terra, con un altro livido. A casa non mi riusciva bene camminare a occhi chiusi. La mattina successiva, la maestra mi chiese se fossi inciampato di nuovo e le dissi che ero caduto mentre facevo vedere a mio padre come era quel gioco della fila di mattonelle. Lei mi alzò le maniche della camicia per vedere i miei lividi. Io ero inciampato e ne avevo di nuovi che mi facevano male. Dopo pochi minuti tornò il signore del giorno prima, accompagnato dal direttore e da due carabinieri. Mi portarono all'ospedale a medicare le ferite e mi misero delle pomate dappertutto. Quando tornai a casa, trovai mia madre che piangeva. Mi disse che papà era andato a lavorare in un paese lontano, però io da quel giorno non sono inciampato più.

IL FUGGITIVO

Stefano Mele

Il Fuggitivo si era liberato e ora attraversava la città immersa nella notte.
Camminava a passo svelto, cauto ad ogni movimento per non rivelare la propria presenza. Faceva freddo e pioveva, le raffiche d'acqua gli flagellavano le spalle e la faccia, e lui era del tutto nudo: in altre occasioni sarebbe stato divorato dal pudore, ma non quella notte. Quella notte le sue interiora si contorcevano per l'ansia e la paura.
Si trovava tra le traverse meno popolate della città, che a quell'ora della notte erano del tutto deserte: file e file di edifici degradati e cadenti che si ammassavano e si innalzavano ai lati, osservandolo taciti nella loro antichità.
A volte capitava che il Fuggitivo al minimo rumore si acquattava in un angolo, in attesa, a scovare le origini di quelle che poi si rivelavano essere frutti delle sue paranoie più insistenti e quindi ripartiva, più veloce di prima.
Se alzava la testa poteva vedere tutto anche da laggiù, tra quegli edifici decrepiti e isolati in cui si trovava immerso: gli alti e imponenti grattacieli erano artigli che squarciavano le sommità annuvolate, nella loro imponenza mostravano tutta la loro superiorità, e lungo gli stretti lati erano affisse insegne multicolore le cui luci abbagliavano anche a leghe e leghe di distanza, tappezzate di scritte che il Fuggitivo riconobbe e maledisse, poiché mai era riuscito ad interpretare. E intorno a quei grattacieli l'aria pullulava di piccoli e animati puntini, le dannate macchine volanti i cui rombi cupi e ruggenti erano sì quasi sovrastati dalla pioggia ma giungevano comunque persino alle sue orecchie, tra i bassifondi più celati.

Quello è il cuore del nemico, si redarguì. *E io lì non ci devo andare.*
Quando il Fuggitivo nacque, *gli invasori* erano già in maggioranza ed erano la razza dominante.
Prima, però, non era così.
Un secolo prima la razza del Fuggitivo, *gli autoctoni*, viveva nel benessere più ricercato, e se ogni individuo ricercava per sé la felicità allo stesso tempo la collettività ignorava gli emarginati, gli affamati, le guerre intestine. *Gli autoctoni*, ormai non era più una vergogna pensarlo, erano dannatamente divisi e combattuti, e tutto ciò non fece altro che essere un vantaggio per loro.
Loro, gli invasori, c'erano sempre stati.
Gli autoctoni avevano provato a sottometterli, ad adoperarli per le mansioni più ardue e i lavori più sottovalutati, ma non durò per molto: la situazione sociale divenne incandescente e le piccole rivolte, che sbocciarono in modo inavvertito, si manifestarono con sempre più frequenza.
Da una parte c'erano i simili del Fuggitivo, divisi, frammentati e dilaniati, ma con conoscenze tecnologiche senza pari; dall'altra *loro, gli invasori*, forti, organizzati, frutto inconscio del sapere dei loro avversari e inconsapevoli beneficiari.
Il conflitto divenne inevitabile.
Le due fazioni combatterono una guerra senza quartiere per mari, terre e cieli, in uno scontro che alle cronache fu noto come *Ultimo Conflitto Planetario.*
Alle loro prime vittorie *gli autoctoni* risposero con entusiasmo, ma *gli invasori* erano davvero troppo numerosi, tanto che, alla fine, li sopraffecero.
Alla fine della guerra le conseguenze furono terrificanti: la civiltà degli *autoctoni* venne azzerata, rasa al suolo, e sulle sue ceneri venne innalzata quella dei nuovi dominatori. Furono organizzati dei campi di contenimento fuori le città: esperimenti, lavori forzati,

pulizia etnica, agli *autoctoni* veniva praticato tutto questo.
E il Fuggitivo, che scappava senza particolari speranze di salvezza, proveniva proprio da lì, da quella informe massa multicolore carica di isteria e disprezzo che, nascosto tra le ombre della notte, fissava con profondo odio e amarezza.
Riprese a camminare più svelto, i piedi nudi che affondavano nelle gelide pozzanghere a ritmo alterato.
Non aveva un piano, ma conosceva il suo scopo, in quel momento: doveva uscire da quella dannata città, non sapeva come fare né quale strada prendere, ma doveva farlo.
Gli edifici ai lati scorrevano e scorrevano al ritmo del suo passo, con la frivolezza di immagini destinate a essere dimenticate nell'oblio più totale.
D'un tratto un suono da sotto gli scrosci d'acqua nacque e crebbe d'intensità: era una cantilena strillante e squillante, tanto fastidiosa da riuscire a penetrare fin dentro il cervello e tanto insistente da scuotere la sanità mentale di qualsiasi individuo.
Il Fuggitivo, riconoscendola, ebbe un colpo al cuore.
Cominciò a correre all'impazzata, con l'acqua che gli pungeva il viso tanto scattava veloce. Per disperdere l'inseguitore deviò un paio di volte la propria direzione di percorrenza, svoltando prima lungo un angolo a destra e poi nel senso opposto, zigzagando e pregando, ma tutto sembrò inutile dato che il suono della sirena aumentava di intensità e si avvicinava.
Era vicino, sempre di più, sempre di più...
Fece appena in tempo a voltarsi quando udì il tonfo, ma non riuscì ad evitare la raffica: il colpo gli trafisse il petto e lo fece caracollare in avanti, mozzandogli il fiato.
Cominciarono i rantoli, poi avvertì il sangue - *il suo sangue!* - disperdersi e diluirsi lungo il suolo fradicio di acqua piovana. La vista si annebbiò, e il Fuggitivo rivide in un singolo flash la sua breve vita fin dal principio, dall'amore della madre che aveva perso

troppo presto alle innocenze giovanili, fino ad arrivare agli odi, nutriti e subiti, che avevano caratterizzato gli ultimi anni.
Ed esalò così, tra i rimpianti, il suo ultimo respiro.
Appena dietro, l'autovolante sostò proprio vicino al corpo del Fuggitivo, abbassandosi di quota ma restando a mezz'aria.
Scesero a terra due individui, e il primo, quello che aveva sparato, volle subito accertarsi del suo risultato: il braccio metallico tastò il corpo e controllò il polso e fu con soddisfazione che si alzò e si rivolse al suo compagno, con la voce robotica che squarciò l'aria umida.
<<72A3JBK-RAZ3KG11V4>>*. Era l'ultimo. L'ultimo della razza umana.* <<76DO-0N22-43MT>>, rispose l'altro. *Ottimo. Domani sarà un grande giorno per la Repubblica degli Androidi.*

MI RACCONTAVI...

Angela Lancini

Mi raccontavi che tuo padre una mattina di primo autunno ti svegliò che ancora faceva buio. Tu che sei stata sempre una dormigliona, non volevi saperne di alzarti dal tuo letto caldo, ma il nonno con molta insistenza riuscì a farti alzare e vestire. Non riuscivi a capire perché ti dicesse di metterti i calzettoni pesanti e di prendere lo scialle, ma quello lungo, che usavi in inverno... Era appena passata l'estate, è vero, ma ancora non faceva freddo da giustificare il mettere gli indumenti pesanti.e poi tutta quella fretta...

Non riuscivi a capire perché tua madre piangesse e ti porgesse un povero fagotto dove (lo avresti scoperto più tardi) c'era un cambio di vestiti e poche cose intime.

La mattina era fresca e la foschia che saliva dai campi come nebbia ti faceva rabbrividire. Tuo padre ti fece salire sul canotto della bicicletta e ti coprì con il suo mantello, poche parole, solo un: "Stai ferma che il viaggio sarà lungo". Alle tue domande "dove andiamo e perché" le risposte erano vaghe; sapevi che dovevi andare da una zia, moglie del fratello di tuo padre, che abitava in una cascina nella bassa padana. Ma per fare che cosa, non sapevi proprio.

Il viaggio fu effettivamente lungo e molto scomodo, e il freddo ti entrava nelle ossa nonostante il mantello di tuo padre e stare seduta sul canotto per così tanto tempo era una vera tortura. Non vedevi l'ora che il viaggio finisse e finalmente quando arrivasti, fosti accolta da zia Maria, che subito ti disse quali sarebbero stati i tuoi compiti da lì in poi. Non avevi ancora dodici anni, e tua madre ancora ti aiutava a fare le trecce, di certo non eri ancora pronta per tutto il lavoro che ti aspettava. Tuo padre ti disse che per un po' quella sarebbe stata la tua casa e che dovevi sempre fare quello che la zia ti diceva. Lui ti doveva salutare, perché ancora c'era il viaggio di ritorno da fare prima del buio. Sbalordita e un po' incredula, ti mettesti a piangere. No, non volevi stare lì. Ma la bici aveva già preso il viale e il pedalare del nonno era veloce, come se volesse allontanarsi al più presto per paura di cambiare idea.

"Su, su" ti disse zia Maria "andiamo a mangiare un piatto di minestra calda, vedrai che ti troverai bene con noi" e mettendo una mano nella grande tasca del grembiule tolse della frutta secca e te la porse. Ti consolarono con tre noci.

La nostalgia di casa era pesante da sopportare, ti mancavano le carezze di tua madre, persino i rimbrotti di tuo padre e chissà se le tue sorelle avevano trovato la tua adorata bambola di pezza, che tanto gelosamente custodivi in una scatola sotto il letto. Ci giocavi ancora, ma di nascosto, perchè ormai *eri grande per le bambole*, come ti ricordavano spesso i tuoi genitori.

E lì, da quella zia, il tempo per giocare non c'era davvero! Mi raccontavi che non era cattiva, ma grande e grossa com'era, a te che eri uno scricciolo, appariva come la strega del pozzo, quella che se ti affacciavi ti tirava per le trecce e giù con lei nelle acque nere!

Ti alzavi presto la mattina, una tazza di latte con un po' di pane avanzato del giorno prima, e poi di corsa nella stalla, dove lo zio ti aspettava con il pentolino del latte appena munto da portare ai cuginetti. Quei cuginetti terribili che a volte, per puro dispetto, non visti dalla madre, allungavano le gambe, facendoti inciampare e rovesciare tutto.

Zia Maria allora si infuriava con te, perchè ogni goccia di latte andato perso era un peccato mortale, e non c'era verso di dire che era colpa dei suoi bambini, dovevi, svelta, svelta, pulire il pavimento, mandando indietro le lacrime, che se arrivava lo zio erano altre grida!

Ma la cosa peggiore era l'inverno, il freddo pungente, l'umidità, i geloni alle mani, i piedi coperti da poveri calzini di lana che presto si bagnavano, perché non c'erano scarpe, ma solo zoccoli, che certo non ti riparavano né dal fango del cortile né da quello del pollaio. E quando andavi a raccogliere le uova, che dovevi mettere tutte insieme, nel grembiule piegato come ti avevano insegnato, guai se arrivavi in casa con un uovo rotto, che quando ti succedeva, per non essere sgridata - mi dicevi - te lo bevevi di nascosto. Mi raccontavi di quella volta che di uova se n'erano rotte due e in fretta le facesti sparire, per poi ritrovarti a pranzo una bella fetta di frittata. Forse è da allora che le uova non le vuoi più vedere!

L'inverno era lungo, la stufa era solo in cucina e serviva anche per far da mangiare, allora tu, per stare al caldo, chiedevi di fare la polenta e la zia ti metteva sotto i piedi uno sgabellino, perché con il paiolo e il cucchiaio di legno ancora non eri abbastanza alta da riuscire a rigirarla per bene. Ma anche la brutta stagione, per quanto possa essere lunga, porta sempre la primavera e poi l'estate con i suoi odori, le corse nei prati e il profumo del fieno appena tagliato, la festa della mietitura, quando arrivavano altri contadini e tutti insieme in una fila falciavano il grano. Giornate faticose, ma piene di canti e allegria. La zia, a fine giornata, preparava una lunga tavolata e la imbandiva di pane impastato e cotto nel forno in fondo al cortile, di uova bollite, fette dell'ultimo salame lasciato per l'occasione, piatti di bei pomodori dell'orto, fette di stracchino fatto con il latte della Gigliola - la loro mucca - pesche appena colte dall'albero e fiaschi di vino per brindare alla salute. Ancora ora, quando racconti, non sai dire come fu che il tempo in ogni caso passò, e ti ritrovasti quindicenne, una signorina ormai, pronta per tornare in famiglia. Non avevi più le trecce e ti eri fatta una bella ragazza. Mancavi da casa ormai da tre anni e le tue sorelle quasi non ti riconobbero quando tuo padre disse “Ecco, l'ho riportata”, ma tua madre che aspettava da tempo il tuo rientro con un balzo s'alzò dalla seggiola c gridando di gioia ti accolse tra le sue braccia. E ti tenne così, a lungo, come se volesse rimediare a tutti gli abbracci che ti erano mancati in quei lunghi tre anni.

NEI LORO NOMI? STORIE INASPETTATE.

Laura Saviori

In piedi, sto. Cattedra alle spalle: non voglio barriere. In silenzio, sto. Mi ignorano ancora, tutti presi dal loro ritrovarsi quotidiano. Lo vivono sempre come fosse un incontro a lungo agognato, il sogno gelosamente custodito durante una lontananza difficile da sopportare. Faccio scorrere lo sguardo, volutamente severo, da dritta a manca e viceversa. "Ssssst, la Profe!" e giù di gomito. "Ho capitooooo!", "Ssssst!".
Ecco, ho la loro attenzione. "Buongiorno a tutti!" e smetto la maschera da nube temporalesca cercando di abbracciarli con il sorriso. Ma non è facile. Qualcuno risponde sereno, qualcun altro sembra dire " È inutile, non mi avrai", un'altra "Vorrei, ma non posso, ci rimetto la faccia".
Eccoli lì, le mie ragazze e i miei ragazzi. Eccoci qui, insieme. Prigionieri di un'aula, di quest'aula. Prigionieri dei programmi, delle verifiche, dei voti. E fuori c'è un sole sereno, birichino e accattivante. Prendo il gesso, mi avvicino alla lavagna e annuncio: "Rilevazione cessione di bene strumentale". Il Sole, fuori dalla finestra, mi fa una linguaccia e si mette a succhiare platealmente un Chupa Chup. Il gesso, che ho sollevato a mezz'aria, m'implora di non consumarlo. La lavagna invece si atteggia a illibata vestale e sdegnosamente mi lascia intendere che tale vuole restare. Mi volto verso tutta quella adolescenza costretta nei banchi: le mie ragazze e i miei ragazzi della Classe Terza. Sono lo specchio inconsapevole nel quale mi rifletto ogni giorno. I loro occhi, i loro corpi parlano. Provo a continuare. "Dicevo…cessione...". No, non va. Oggi no. Sguardo fisso, immobile: loro non lo sanno, ma io li leggo come fossero libri. Di solito. Oggi fatico. Le loro menti, le loro anime si stanno accartocciando, ripiegando su loro stesse.

L'effetto della Partita Doppia in una giornata col Sole che si comporta come fosse a Miami Beach è, come dire, mummificante. Ok. Ho capito. Abbandono il gesso che, rassicurato, si addormenta beato all'ombra del cancellino e accordo alla lavagna di concedere le sue grazie l'ora successiva al fascinoso docente di matematica.
"Forza ragazzi! Giù le penne, indietro i banchi e seduti in cerchio!".
La cacofonia che segue riflette la loro felicità. Fumetti volano per l'aula "Si parla, si parla!".
Velocemente ecco costituito l'amato Cerchio Sacro.
Scorro lo sguardo sui loro volti. Mentalmente faccio l'appello. Ogni nome una storia. Storie iniziate prima ancora del loro concepimento, prima ancora di essere anche solo un vago pensiero nella mente dei loro genitori. Mai come adesso capisco il valore che ha il nome che ognuno di noi ha ricevuto alla nascita: è il tangibile segno dell'amore, della speranza, a volte dell'odio verso qualcosa o qualcuno, di chi ci ha generato o accolto in questa vita. È lo scrigno che racchiude la nostra essenza. Forse per questo i nativi americani non rivelano il loro vero nome: per non farsi portare via il tesoro della propria anima.
Tante nazionalità diverse mi stanno di fronte.
Una di queste ha lo sguardo duro e occhi guardinghi, pronti all'attacco per difendersi. I nomi dei suoi rappresentanti, e il loro significato, sono il riverbero dei lampi di una guerra finita da poco. Accanto a me siede *Brezza odorosa di Vita*. Questo è il nome che due giovanissimi sposi hanno voluto donare alla loro primogenita. Forse per dare forza ad un futuro incerto e un senso ad un abito da sposa mai indossato, abbandonato in fretta e furia in una casa presto invasa e distrutta dall'odio di altri umani. Nome scelto per esprimere il dolore del perdersi e la felicità del ritrovarsi sulla strada dell'Esodo.
Di fronte siede *Resistere*. Imponendogli questo nome il nonno

paterno invocava il coraggio di affrontare il presente, la forza di non ascoltare la paura che albergava nel cuore e nelle viscere e la protezione su quel nipote nato in mezzo alle bombe e agli spari dei cecchini.
Accanto a lui tre compagne: sono tre sorelle. Si chiamano *Bella Vita*, *Resistenza* e *Libertà*.
Bella Vita, ciarliera e ridente, (il nom, di per sé, è una garanzia) è la più grande. Ricorda una lunga marcia e l'angosciato stupore di essere abbandonata tra le braccia di una sconosciuta. Solo più tardi scoprirà di essere stata affidata ad una cugina della madre.
Poi ecco *Resistenza*, anche per lei la scelta di un nome che anela al riconoscimento del proprio popolo.
Libertà è l'unica nata in Italia, il Paese che da miraggio di speranza si è trasformato in casa e in lacerante seconda Patria ed identità.
Poi c'è *Contatto*. Porta il nome del fratello che non ha mai conosciuto perché morto bambino. Ucciso da una granata vigliacca. Ucciso con altri ventitré bambini. Stavano giocando, ignari di quanto l'uomo possa essere codardo e crudele. E *Contatto* indossa orgogliosamente lo sconosciuto ricordo e regge la sofferenza di un amore fraterno che poteva essere ma non è e non sarà.
Dall'altra parte un altro continente, un'altra millenaria civiltà, pazientemente e rispettosamente ascolta e attende il suo turno per parlare. Occhi di cioccolato e lucide trecce di capelli color della pece. L'impatto con l'Occidente ha definitivamente liberato la tenace e caparbia volontà di queste ragazze di cambiare la realtà delle donne del loro Paese, sottomesse ai maschi della famiglia. Sottomesse perché femmine, senza diritto di scelta, destinate a servire padre, fratelli, marito e figli. Spesso irrise se vogliono studiare. Non serve l'istruzione se il proprio destino è essere relegate in cucina. Ma *Candela di Dio* e *Sette Venti* vogliono

abbattere questi limiti. I loro genitori non immaginavano la potenza insita nell'unione di queste parole e trasmessa così alle figlie!
Col sorriso dolce e luminoso come il suo nome suggerisce, *Candela di Dio* vuole studiare e trovare un lavoro che la renda indipendente. Il suo sogno è di poter dimostrare alla nonna che il suo posto non è in cucina e che può essere come un altro figlio maschio per la sua famiglia.
E *Sette Venti*, impetuosa ma disciplinata, battagliera e altera, che ad uno ad uno sta scalzando pazientemente gli ostacoli verso l'indipendenza e l'autonomia. Ribelle, questo sì, ma nel rispetto della tradizione. È tangibile la sua volontà, la sua passione del suo essere Uomo genere femminile: lo vedo dal portamento, dalla spalle erette e lo sguardo fermo mentre proclama il suo diritto a scegliere, il suo diritto a essere persona, il suo diritto ad esistere senza dover essere l'ombra vulnerabile di un qualsiasi Uomo genere maschile.
Si ascoltano, parlano, ridono, discutono, si infervorano, mi interpellano e mi ascoltano. E ribattono appassionati. Italia, Albania, Kosovo, Punjab, Romania e altri Paesi ancora mi guardano qui riuniti: la mia piccola Strasburgo!
Ma che succede? Perché quell'aria attonita prima e gli sguardi sconsolati un attimo dopo?
"Nooooooo, Profeeeeee! È finita l'ora!". Ecco la causa del repentino cambio d'umore della Classe: la campanella!
Avrei dovuto capirlo qualche attimo prima: il Sole ha finito il suo Chupa Chup, il gesso si è già risvegliato dalla pennichella e ha assunto un'aria intellettuale, mentre la lavagna si spolvera leziosa per gli occhi blu cobalto del professore di matematica. È finita la mia ora di lezione.
Li saluto: "Alla prossima ragazzi!". E rifletto. Oggi la Classe Terza non ha imparato a rilevare in partita doppia l'alienazione di un

cespite. Io però sono abbagliata, come Alì Babà nella grotta dei Quaranta Ladroni, dal luccichio emanato da questi tesori. E, al contrario di Grimilde, io non devo chiedere allo Specchio Magico chi sono i più belli del reame.

IL SALE E IL COLTELLO

Silvia Seracini

"Con questo" canticchiava tagliando larghi pezzi dall'odore forte che spolverava di cristalli opachi "la carne si conserverà al sicuro, non c'è da temere" li cospargeva poi di spezie scure. "L'inverno sarà duro" mi guardava dall'alto con occhi lunghi e buoni "ma noi staremo bene qui dentro, insieme" e mi infilava fra le labbra un pezzettino di legno, il cui sapore dolce esplodeva e si faceva largo fra i frammenti di sale che impreziosivano le dita della mamma. "Staremo qua dentro, nascoste" continuava a cantare piano "e giocheremo zitte zitte, senza piangere mai" mentre un altro strato di sale grandinava sulla carne "perché una bambina non può piangere quando è insieme alla propria mamma" e si metteva il dito indice a croce con il suo sorriso, a farmi il cenno del silenzio, e poi lo stesso dito lo leccava, perché di certo aveva lo stesso e più forte sapore di quello che mi aveva messo poco prima in bocca.

Narravano fosse una vecchia strega, un'eremita assassina rifugiatasi fra le caverne di quelle alture impervie che dominavano il bosco sottostante.
Pareva che avesse un aspetto orribile, che il suo corpo fosse quello rattrappito di una nana e che si muovesse incerta, a passi piccoli e strascicati. In realtà, probabilmente nessuno l'aveva mai vista, ma qualcuno asseriva di aver scorto poco prima dell'ora del tramonto, proiettate sulle pareti di un pallido costone, lunghe ombre di mani corte e tozze che prendevano brandelli di carne gocciolante sangue dal muso di un grosso leopardo delle nevi, di cui si raccontava che lei si servisse per i suoi atti malefici.
Hichi rabbrividiva al solo pensiero di doversi avvicinare all'antro di quella misteriosa creatura, ma non aveva scelta. Sua madre si

stava indebolendo ogni giorno di più, e nessun medico le aveva dato speranze. Non che lei ne volesse: dopo la scomparsa della sua figlioletta, avvenuta in circostanze poco chiare ma di sicuro collegate alla dura legge del suo popolo, che non permetteva più di un figlio per famiglia, la donna era caduta in un profondo stato di prostrazione.

Hachi era venuta al mondo il giorno stesso della morte di suo padre, il quale aveva riportato gravi ferite in seguito all'aggressione di un puma durante una battuta di caccia. L'uomo aveva fatto in tempo a specchiarsi nel primo sorriso della piccola ed era spirato pregando Maiko, sua moglie, di fare di tutto per conservare quell'ultimo tesoro che avevano condiviso mentre lui era ancora in vita.

Maiko era riuscita a tenere nascosta la piccola Hachi fino a quando, il giorno successivo al compimento del suo sesto anno, la bambina era scomparsa. Rapita, forse, dai capi del villaggio? Chi poteva aver tradito la donna? Eppure nessuno sapeva della piccola, e Hachi era molto saggia e aveva imparato presto a nascondersi e a non fare rumore. Faceva attenzione a non affacciarsi alle finestre, e non piangeva mai.

Da quando sua figlia era scomparsa, Maiko aveva cominciato ad indebolirsi e non ne aveva più voluto sapere di alzarsi dal suo letto, di preparare il té, di mangiare.

Hichi, il suo figlio maggiore, il quale era diventato il capofamiglia, aveva deciso di tentare il tutto per tutto.

Si diceva che la perfida strega avesse il potere di impastare le erbe e i minerali delle rocce per produrre delle potenti pozioni corroboranti, in grado di rianimare la fiacchezza dei corpi e degli spiriti.

Hichi si era arrampicato fra le montagne in pieno giorno, così da evitare la pericolosa presenza del leopardo delle nevi che sembrava si aggirasse nei pressi dell'antro soprattutto al calare del buio.

I riflessi ricamati dal sole da un punto all'altro delle rocce cristalline trafissero i suoi occhi orientali, e più volte il sangue affiorò dai graffi prodotti sul suo corpo dallo sfregamento con le asperità delle pietre e le spine della rada sterpaglia alla quale il bosco aveva ceduto il passo.
Hichi si faceva coraggio e procedeva determinato a conservare le ultime speranze di salvare Maiko.
Quando fu sufficientemente vicino al terribile antro, prese dalla sua sacca quello che rimaneva dell'ultimo pezzo di carne salata che aveva preparato sua madre e lo masticò a lungo, ripetendo fra i denti il mantra del coraggio.
Il sole cominciava a tramontare ma non erano né la fame, né il freddo che gli solcavano di brividi la schiena e, sospinto da ondate di pelle d'oca e dal pensiero che il feroce leopardo sarebbe potuto comparire da un momento all'altro, si trovò alfine all'interno della grotta.
Si inoltrò per un tunnel che odorava di sangue e al cui termine risplendeva un lumino.
La strega, in ginocchio di fronte ad una lastra di roccia, stava scuoiando una creatura.
Hichi sperò si trattasse di una bestia mentre, accovacciato dietro una pietra, estraeva lentamente il coltello dal fodero.
La fioca luce generava mostruose ombre sul viso rinsecchito della vecchia, intenta a salare la carne. Eppure, paralizzato dal freddo e dal terrore, qualcosa in quei gesti gli sembrava familiare. Si strofinò gli occhi otto volte prima di ammettere che gli ricordavano il modo in cui preparava la carne sua madre, prima che si ammalasse, prima che scomparisse la sua sorellina.
Attraversati dalla luce del lumino, i cristalli di sale proiettavano sulle pareti dell'antro effimeri riflessi che le sfuggivano come le ombre del suo passato, come quando sua madre preparava la carne ma lei era troppo piccola per ricordarselo, e allora strizzava gli

occhi della memoria e tentava di concentrarsi, distratta da una scintilla diversa dalle altre.
La vecchia alzò lo sguardo per seguire il tremolio della mano di Hichi, che si accorse dei bagliori inviati dalla lama del suo coltello troppo tardi per poter scappare.
L'orribile verso del leopardo di ritorno dalle sue scorribande gli bloccava l'unica via di fuga e allora decise di venire allo scoperto, impugnando la sua arma con la spavalderia di chi prova terrore.
La strega lasciò cadere l'ultima manciata di sale mentre quella scintilla si stagliò sulle altre e cominciò ad incidere la tela dei suoi ricordi opachi.
"Signora strega…"
Come poteva farcela se la voce gli tremava come quella di un bambino?
"Signora strega, mia madre sta male e io ho bisogno di una medicina."
In ginocchio risultava più bassa di lui e il suo aspetto era impassibile come quello di un'orribile maschera.
"Solo lei può aiutarmi" e abbassò il coltello, sopraffatto dal sopraggiungere del leopardo che reggeva una preda sanguinolenta fra le fauci.
Solo quando la vecchia si mosse verso di lui, Hichi si accorse che non era in ginocchio. Non aveva mai visto una nana e si arrese, gettando l'arma a terra. Ora c'era solo quello a separarli.
Il leopardo aveva preso a ringhiargli contro e quando la strega si inchinò per afferrare il coltello, Hichi capì che era finito tutto.
A lei invece era bastato riconoscere quell'utensile la cui lama, nel cui metallo ora potevano specchiarsi entrambi, aveva accesso lo stoppino della memoria.
A forza di fissarlo, gli occhi le si gonfiarono e un torrente di lacrime inondò la pelle rinsecchita da vecchia con cui aveva ingannato la sua infanzia.

Hachi pianse così come non aveva più fatto e le sue lacrime avevano il sapore salato di tutte le rupi sulle quali era scivolata per scappare da un villaggio che assurdamente non la voleva viva, per rifugiarsi in quella fortezza massiccia che l'aveva protetta per un tempo scandito dai tramonti che inondavano di lampi di cristallo l'oscuro mare del bosco che si estendeva al di sotto del promontorio, con l'unica compagnia del suo amico leopardo, che l'aveva nutrita con il suo latte e che ora spartiva con lei le sue prede. Carne dura che lei batteva e conservava con la disperazione del distacco e il sale delle rocce che le facevano ormai da casa.
Solo lei poteva sapere quanto le fosse costato trattenere quelle lacrime che travolsero come un fiume in piena la maschera che copriva il viso della strega nana, e agli occhi di Hichi si svelò una bambina.
Una bambina che aveva gli stessi occhi sorridenti del loro padre.

IL VIAGGIO, PROFUMO DI LAVANDA

Tamara Garaldi

Querita se ne sta con i gomiti sul tavolo e il viso affondato nel palmo delle mani.
Gli occhi sono chiusi e rincorrono immagini che affollano la sua mente.
Sul tavolo di fronte a lei c'è il gatto grigio con gli occhi socchiusi. La osserva, la scruta ed entra a leggere
i suoi pensieri che inseguono il mondo fantastico dei sogni. Vede Querita che scende lungo il tunnel che porta alla caverna con grandi vetrate, dove l'aspettano Ful e Gaio, due esseri magici e familiari per accompagnarla alla scogliera. Insieme si avviano e l'aria è frizzante, leggera e accarezza le sue cellule e veste la sua pelle.
Il cielo e l'acqua sono d'oro e d'argento e i suoi occhi si riempiono di quell'incontro.
Querita si sente leggera e affonda le mani in quell'acqua trasparente che scivola tra le dita e goccia sulla sabbia bagnata e i suoi piedi lasciano il segno del loro allontanarsi fino alla roccia in fondo all'insenatura.
Sale sulla roccia ed accoccolata su di essa vede, sente e ascolta. Penetra nelle sue narici e riempie il suo cuore
il profumo del mare, dell'aria e si sente avvolta nell'abbraccio dell'amore. Satura di tutto questo ripercorre
la linea dove l'acqua penetra nella terra e si confonde. Dietro di lei resta solo il suo cammino,
là dove ha affondato i piedi in quella sabbia bagnata. Si ferma e insieme ai suoi magici compagni ascolta:
"Quack, Quack, Quack".
È il chiassoso ritrovarsi delle oche migratrici che si preparano al lungo viaggio.

Sono maestose ed entrano nell'anima, nclle cmozioni e anche lasciano spazio alle riflessioni.
Viaggiano in formazione a *V* il leader fa più fatica, deve trainare lo stormo. Quando è stanco vola nelle retrovia e subito un'altra oca prende il suo posto. Quando un'oca dello stormo è in difficoltà, perché stremata
o ferita da uno sparo, lascia lo stormo, cerca rifugio a terra e subito due o tre oche le si affiancano e stanno
con lei finché muore o riprende energia. Solo allora raggiungono di nuovo lo stormo o ne aspettano un altro
e si aggregano. Le oche si incoraggiano durante il volo. Quelle in fondo starnazzano per incoraggiare le altre: "Honk, Honk, Honk". Per resistere, per stare tutte insieme, che nessuno molli, che nessuno manchi.
Sono meravigliose e insieme ai suoi magici compagni Querita si sente parte di quel ciclo della vita dove ognuno fa la sua parte: offre le sue capacità, il suo talento che viene riconosciuto. C'è chi guida, chi incita,
chi accudisce, chi prende il posto del leader con uguale fiducia. Sono tante cellule che compongono
un unico dilatato individuo che supera le difficoltà.
È così che si rivela e si realizza la potenza del volo per raggiungere la meta.
Querita, con i suoi compagni, si sente parte di quel cerchio che non si esaurisce ed unisce tutti!
In questo vortice di emozioni il suo cuore vola alto, libero come quello stormo, si gonfia d'amore fino
ad esplodere in scintille che, come monachine, si dissolvono nel respiro della terra.
Gaio si ferma, osserva, fiuta l'aria, poi preme contro la sua caviglia, arriva alla sua spalla e guarda e osserva
e ascolta. Poi solo il fruscio del vento. Le oche sono partite.

Allora Querita affonda il naso in quella pelliccia dal profumo unico e strofina il viso in quel pelo.

È ricambiata da tanti bacini che le leccano il naso e la faccia. Lei lo solleva in alto alto, a braccia tese,

ad osservare il mondo degli uccelli che si allontanano ed è solo attenzione e curiosità.

Gaio non vola, per sua natura sa scavare, come una turbina, le gallerie. Si rotola nella terra umida, si gratta, beve la rugiada del mattino sul filo d'erba e poi con i fili d'erba gioca gioioso e si strofina.

È goloso delle more bianche del gelso!

Il volo è uno spettacolo magico e non ci sono più pensieri. I piedi scalzi di Querita affondano nella soffice terra.

Gaio non lascia orme, dorme sulla sella, cullato dal passo del Ful.

Tu Ful sei leggero e le tue tracce al fianco delle sue sono lavate via dall'onda ma lo zoccolo lascia il solco

e il tuo alito caldo e umido, dal rumore sommesso, pervade il suo essere e porta quiete.

Le dita di Querita corrono leggere sulle tue narici umide, sulla linea rigida che porta alle fossette sopra i tuoi occhi e corrono nella pienezza della mandibola per poi insinuarsi nella seta di quei fili grossi, lucidi, neri,

che nascondono quel fulmine bianco, e che il vento della gioia scompiglia e solleva e confonde nell'aria.

Ora ci sono solo le tracce dei tuoi zoccoli perché lei è con te, sulla tua sella con Gaio e le sue braccia cingono quel collo potente e il suo naso affonda nel profumo di quella cascata dove le sue dita hanno memoria di trecce fatte con quei fili lucidi.

Ora il viaggio verso lidi lontani, come per oche migratrici, alla ricerca dei pezzi perduti delle proprie emozioni, può incominciare.

Querita si sente osservata, apre gli occhi e il gatto grigio distoglie lo sguardo e strofina i suoi baffi sul suo viso.

Querita lo accarezza e la mano affonda nella sua pelliccia e le dita corrono leggere sulle sue forme e indugiano nel suo colore e la gioia prende forma. Un'energia sottile e impetuosa comincia a scorrere per canali sconosciuti del suo spirito. Il gatto magico vuole guidarla alla cascata magica che sgorga dalla roccia del deserto,
dove si abbeverano i cavalli, acchè si abbeveri anche lei e che la magia di quella limpidezza e purezza bevi
il velo di nostalgia. Vuole che le sue orecchie odano gli uccellini sul ramo che le sussurrano:
"Devi volare, devi volare, devi fare come le oche migratrici, devi andare verso la tua meta, devi vivere libera la magia del viaggio."
È così che Querita, Ful e Gaio si avviano verso valli incantate, di rilassanti colori pastello. Dove tutto profuma di lavanda. Il profumo inebria tutto il loro essere e anche loro profumano di lavanda. La valle via via si accende del colore dorato del frumento e dei papaveri rossi e dei tulipani. E ancora verso un lago salato incastonato
nella sabbia dove figure femminili, senza tempo, nascondono il volto sotto un grande cappello.
Una pace statica predomina e avvolge tutte le forme. Costeggiano il lago e giungono al mulino sul fiume percorrendo una valle anch'essa profumata. Un tappeto di fiori bianchi dai colori soffusi e dall'intenso aroma
la rende incantata. Gli zoccoli sono leggeri per non calpestare quella meraviglia.
Salgono sulla barca attraccata al pontile e scivolano leggeri sul fiume. Si apre davanti a loro un luogo magnifico dove colori vivaci e solari esplodono. La luminosità dell'aria pervade tutto.
Donne sedute sulla banchina con le gambe penzoloni e i piedi a mollo nell'acqua osservano l'oceano
e l'orizzonte al di là del quale ci può essere tutto quello che

sognano e credono le farà felici.
La luce è calda, avvolgente e luminosa.
Stanno decidendo di restare quando Querita si sente di nuovo osservata. Apre gli occhi, sorride e continua
ad affondare la mano in quella pelliccia soffice e le fusa del gatto grigio la fanno sentire bene. È suo complice
e gli sussurra: “Il viaggio è stato magico, ho visto luoghi bellissimi e incantati ma se non avessi avuto la compagnia dei miei magici amici non avrei goduto di quello stupore e quella gioia che ha reso il viaggio unico e meraviglioso”. Guardò il gatto grigio, socchiuse gli occhi anche lei e le fusa riempirono il silenzio con la melodia del suono della vita che scorreva in entrambi, la melodia dell’amicizia.
I suoi capelli profumano di lavanda.

IL VOLO

Alfredo Chiuccariello

Una notte primaverile, particolarmente buia e tempestosa, dai grandi cancelli della clinica La Carità, fa il suo ingresso una giovane donna dalle gambe lunghe come quelle di uno sgabello da bar, alta e con una chioma castano ramata che superano di poco le piccole spalle appuntite. A porgerle il braccio con cui regge l'ombrello c'è Maximilian, il direttore dell'istituto, nonché suo padre che dolcemente la accompagna all'ingresso. Ad ogni piccolo passo della giovane donna verso il portone principale i battiti del suo cuoricino accelerano sempre più, quasi volesse schizzare fuori mentre i suoi grandi occhi verdi saettano, dilatati, in ogni direzione in preda all'ansia. Dietro tanta bellezza infatti si celano un animo estremamente sensibile, una salute cagionevole e delle condizioni particolari che l'hanno prima costretta a rinunciare all'università, poi ad ridurre poco a poco i contatti umani. Il mattino seguente, al suo risveglio, la accoglie sul comodino un vassoio di frutta per colazione ed un paio di piccoli quaderni bianchi; si attorciglia con le gambe alle lenzuola e penna alla mano si immerge nei suoi pensieri per tramutarli in versi. Non appena poggia la penna sul foglio le giunge alle orecchie una voce calda e solenne che sulle prime la spaventa, pensando si tratti di un paziente di suo padre che stia dando di matto ma più ascolta e più quel fiume impetuoso di parole si trasforma in qualcosa di più sensato, di descrittivo e narrativo. La singolare lettura del suo vicino di stanza va avanti per un'ora buona e appena cala il silenzio Arianne prova a parlargli, sperando di avere una voce abbastanza alta da farsi sentire.

"Cos'è che stai leggendo?". Senza dubbio, dal linguaggio si tratta di un testo non odierno, in versi eppure ancora magnetico; nell'altra stanza segue un breve silenzio carico di stupore ma la risposta non tarda ad arrivare.

"Oh, non sapevo di avere un'ascoltatrice accanto, spero di non averti disturbata!". Lei sorride scoprendo che questa proviene da un condotto d'aerazione proprio sulla parete sopra la sua testa e che fino a quel momento non aveva notato.

"No, no, niente affatto, continua pure, mi piace come lo leggi!".

"È un'opera che trovo molto personale sai? *Il Paradiso Perduto* di Milton, se vuoi posso leggerlo per te!". Arianne si è sempre mostrata piuttosto sensibile alle parole e alle emozioni che queste le agitano nel petto e alla proposta non riesce ad imporsi di non avvampare. Per terminare l'opera ci vogliono delle settimane, ma per lei sembrano volare e pur di non perdere questa misteriosa compagnia inizia a raccontargli di lei e a fargli domande.

"Oh, una poetessa dunque, quale onore, ho sempre detto a tuo padre che qui mancava della poesia ma non mi ha mai ascoltato!".

"E tu, invece?". La voce sembra temporeggiare.

"Mi considero un artista, un pittore direi, quindi puoi chiamarmi Giotto, ti va?". Non ricordava di essersi mai divertita così tanto e finalmente le nubi scure nella sua testa sembrano cominciare ad aprirsi. Col tempo le conversazioni tra i due si fanno sempre più intime, finché lei non trova il coraggio di confessargli tutte le sue difficoltà ed il perché si trova in quella clinica.

"Ti dirò, penso che tu non abbia assolutamente nulla che non va e che invece quelli lì fuori dovrebbero farsi ricoverare qui!". Con le lunghe gambe strette al petto, alcune lacrime le rigano il volto: dentro di sé custodiva infatti il desiderio di sentirsi dire proprio quelle esatte parole un giorno.

"E chi ti ha rinchiusa per tutto questo tempo nella tua fragile dimensione?". Un nome affiora sulle sue labbra, ma si rifiuta di pronunciarlo.

"Ti è venuto in mente vero? Ma il tuo amore per lui ti impedisce di pronunciarlo, lo capisco, quindi lascia che lo dica per te!". Sente la necessità impellente di stringere forte il suo cuscino al petto, mentre calde lacrime ne inumidiscono la federa.

"Maximilian, tuo padre!".

"Non devi disperare però: questa notte, all'alba, avrai la tua occasione Aria!". Il resto del pomeriggio, lo passa nella sua testa, che sembra aver scelto quel momento per proiettare tutte le amorevoli parole di suo padre nel tempo e che ora cominciano ad assumere sfumature più fredde e distorte. Calata la notte e assicuratasi che lui non sia ancora in giro, sgattaiola a piedi nudi nel suo studio in fondo al corridoio; la stanza, poco più grande della sua camera, è arredata con una grande scrivania e una libreria a parete piena zeppa di fascicoli. È determinata più che mai a scoprire di più sul suo vicino di camera ma senza un nome si prospetta una lunga notte di ricerca, così si concede l'opportunità di un colpo di fortuna e superata la libreria si concentra sui cassetti della scrivania dove l'ultimo sembra chiuso a chiave. Arianne non ha abbastanza forza per forzarlo, così rovista sulla scrivania dove è esposta una piccola foto di lei bambina in braccio a suo padre, entrambi sorridenti, che per un attimo le tocca il cuore e sta quasi per arrendersi e tornarsene in camera quando sul retro della cornice vede incastrata una piccola chiave. Con un leggero scatto, il cassetto si apre rivelando una singola cartellina senza nome, ma di cui riconosce il numero di stanza e come un fulmine se ne torna dritta a letto. Sfogliando al lume della lampada il fascicolo non trova alcuna foto ma diverse ipotesi e diagnosi annotate a penna da suo padre in cui si accenna ad una sindrome di Dio e ad una guerra di cibo scoppiata in mensa che lo aveva costretto a rinchiuderlo nella stanza, perché nocivo per gli altri pazienti. Arianne non sa di preciso quando si è addormentata e se ne accorge solo quando il suono elettronico di tante porte blindate che si aprono echeggiano per la clinica mettendola in allarme.

"Madame e Monsieur de La Carità è la vostra fidata voce nella scatola che vi parla ed è finalmente giunta l'ora di spalancare le porte verso un futuro radioso per tutti voi!". La voce, seppur leggermente metallica, proviene da degli altoparlanti fissati in ciascuna stanza e nella hall di sotto ma lei non ha dubbi a chi appartenga.

"Non abbiate paura amici miei, è l'alba di un nuovo giorno per voi nel mondo vero, oltre quei cancelli, e nessuno vi fermerà!". Per le scale e i corridoi si odono grida esuberanti e frasi sconnesse di felicità mentre a piccoli gruppi i pazienti della clinica si riversano in strada senza che in giro si veda nessun infermiere a cercare di trattenerli. Arianne, col cuore in gola, esita, combattuta dalla tentazione di afferrare quell'opportunità e sapere cosa sia successo a suo padre.

"Mia cara Aria, se te lo stai chiedendo a nessuno qui è stato fatto del male, non era necessario, e quando tutti saranno fuori verranno slegati, perciò sentiti libera di spiccare il volo ovunque tu desideri: verso l'amore, verso l'arte e tutto ciò che ti fa sentire viva!". L'entusiasmo di quelle parole le fanno battere forte il cuore rendendo quel portone spalancato e illuminato dalle prime luci rosate dell'alba irresistibile ma dopo i primi passi si ferma di nuovo e si rivolge agli altoparlanti.

"E tu? Verrai via con noi?".

"Ahimè, ci sono già stato là fuori e non c'è nulla che mi stia chiamando a gran voce lì: per questo un giorno sono venuto qui da tuo padre di mia volontà, per testare il mondo che gira al di qua di quei cancelli mentre tutti gli altri ci sono stati condotti con l'inganno e la promessa di essere un giorno riportati nel mondo da cui sono stati allontanati" sembra tacere per un attimo ma solo per prendere slancio. "Orsù amici, andate, poiché non esiste alcun baratro che possa trattenere nel suo golfo un vigore immortale, per quanto caduti ed oppressi non potete dare il cielo per perduto!". Terminati quei versi che lei gli aveva sentito pronunciare il primo giorno che si erano conosciuti, altri, fermi lì ad ascoltarlo, proseguono la fuga verso la libertà e seppur amaramente anche Arianne si convince, lasciandosi dietro di sé tutte le sue paure e un frammento del suo cuore.

IMPRONTE

Francesca Pastore

Branta volava alta nel cielo, scrutava, era alla ricerca di un qualcosa che neanche lei sapeva.
Aveva voglia di donare, di insegnare, di far conoscere le sue esperienze e di condividerle.
Si rendeva conto che il suo essere l'aveva resa ancor più sensibile: si poteva commuovere di fronte a un miagolio o a un cinguettio ascoltato passeggiando nel bosco per riposare le ali dopo un lungo volo.
Un ramo spezzato che scricchiolava sotto le sue zampe le fece ricordare che lei volava sola. Molti si erano assuefatti al mondo: i tempi erano cambiati, l'amore si era affievolito, non c'era più la necessità di condividere emozioni, né tanto meno di emigrare per diffondere messaggi.
Lei però non se ne capacitava: se tutti avessero fatto come quella moltitudine che ne sarebbe stato del mondo?
Questa domanda la tormentava ma era sola, sola a volare, sola a pensare, sola a meditare.
O forse no?
Il volo la rendeva libera e felice, l'altezza e l'aria tersa la facevano star bene; dall'alto del cielo il mondo nefasto le era più chiaro e riusciva nella tormenta a scorgere animi simili al suo.
Animi non ancora inzuppati col mondo e liberi da dogmi imposti.
A Branta bastava sorvolare questi animi ed atterrare sulle loro spalle silenziosamente cercando, senza parlare, di conoscerli e captando i loro pensieri e i loro movimenti.
Alcuni animi simili al suo si erano stretti a lei in un magico vortice di emozioni. Avevano capito che
il non essere assorbiti dalla banale quotidianità portava a una bellezza interiore indescrivibile.

Ogni animo era a sé, diverso l'un dall'altro: c'era chi amava ricordare, chi non tollerava la superbia,
chi mal digeriva l'ignoranza, chi pensava a chissà cosa per ore, chi macinava chilometri a piedi,
chi amava correre all'impazzata senza freni. E, in ognuno di loro, lei sapeva ricavare il meglio.
Branta aveva creato un nuovo stormo. Aveva insegnato a ognuno a spiccare il volo, non aveva importanza
il peso della valigia che si portavano sulle spalle, era pur sempre un bagaglio che formava l'essere.
Branta non era più sola. Finalmente adesso poteva donare e condividere le sue esperienze. Poteva contare
sul suo stormo, affine come lei, e volare elargendo l'amore e le emozioni che mancavano nel mondo.
Il suo non arrendersi mai e la sua ostinazione forse non avrebbero cambiato totalmente il pianeta ma
un'impronta l'avrebbe comunque lasciata. Un'impronta indelebile la sua e non più sola.
Quando atterrava dai lunghi voli le sue zampe erano attorniate da orme di qualche gatto, di un cane, di un lupo, da una scia di una chiocciola.
C'erano anche delle impronte che per Branta erano difficili da riconoscere. Non perché non si vedessero bene nel tragitto terreno ma semplicemente perché ancora incerte nel loro animo. Una in particolar modo. Era un'impronta leggera: a volte pareva camminare sicura, a volte zoppicante. Delle volte addirittura pareva volasse e non atterrasse mai. Forse volava anche lei alla ricerca del tutto e del nulla.
E, né tutto, né nulla riusciva a scorgere.
Branta se ne accorse e la osservava da lontano.
La vedeva perdersi nei meandri dei suoi pensieri, sconfitta nel suo perenne volo e diffidente nel posare piede

a terra. Vedeva che era abituata ad arrampicarsi per spiccare il volo: le altitudini non la intimorivano e quando non c'era più da salire per lei bastava saltare nell'appoggio migliore, riprendersi un attimo per poi risalire
ancora.
E Branta osservava paziente, sicura che prima o poi sarebbe riuscita ad atterrare sulle sue spalle e a sussurrarle che la diversità interiore crea l'unicità esteriore. E di questo Branta ne era certa.
Lo aveva vissuto, sapeva cosa significasse essere tutti uguali: comodità senza dubbio ma uno spreco energico ed intellettuale infinito. L'uguaglianza effimera e materiale era logorante e banale.
La diversità invece permetteva l'unicità e forse in certi momenti generava solitudine colmabile con atterraggi mirati verso animi simili al suo.
Volava Branta, sfiorava con le sue ali le impervie montagne e seguiva in lontananza quell'impronta leggera che vi si arrampicava. Ormai avrebbe raggiunto la cima e prima del salto diretto alla cima successiva più alta Branta sarebbe in qualche modo riuscita ad avvicinarsi.
Non fu semplice ma quasi ci riuscì!
Atterrò piano piano, in maniera impercettibile; l'impronta leggera non se ne accorse e proseguì il suo cammino impervio. Tale era la sua voglia di arrampicarsi sempre più in alto che non notò quel battito d'ali vicino a lei.
Branta non demorse e continuò il suo starle accanto. Non le importava che Impronta Leggera non la vedesse, lei era comunque lì al suo fianco. E anche se il tempo passava lei era sempre lì.
Notava che Impronta Leggera, quando toccava terra, nascondeva nel suo mondo animi simili al suo. Era anche lei circondata da presenze fantasiose, di cuore buono. Impronta Leggera aveva un gregge variopinto: c'era l'artista, l'ottimista, chi non si arrabbiava mai, chi sapeva sempre dare una risposta, chi da un episodio

negativo riusciva a trarre sempre
un insegnamento.
Per Branta fu una svolta: esisteva un essere che, come lei, si era creata uno stormo simile al suo.
Adesso per Branta il compito di atterrare sulle spalle di Impronta Leggera divenne più semplice. Esisteva tra le due una certa affinità, bastava solo unirsi in volo nel giusto momento.
E questo giusto momento non tardò ad arrivare.
Impronta Leggera, esausta dalle sue scalate, decise di prendere fiato e osservare in lontananza nuove mete, nuovi scopi e nuove avventure. E questa estenuante ricerca le fece intravedere quel battito d'ali che da tempo le volava attorno. Impronta Leggera non aveva avuto la lungimiranza di Branta di osservare da lontano. La sua indole era diversa, procedeva a testa bassa, non aveva la propensione di sorvolare gli animi come Branta.
Forse perché più giovane o forse perché ancora non si fidava a sciogliere la sua corazza fredda. Il suo essere era così refrattario che il gregge che si era creato per lei era il suo solo mondo.
Impronta Leggera non pensava che ci potessero essere ancora animi simili oltre al suo gregge. Aveva visto anche lei creature perdersi nell'ozio, nella staticità, nell'ignoranza e nella cattiveria.
E si era arresa. Alla fine il suo gregge ce l'aveva, che bisogno c'era di affannarsi e sperare nell'esistenza di animi simili al suo? A cosa sarebbe servito?
Quel battito d'ali, sempre più frequente e sempre più vicino, cercava in tutti i modi di accantonare la sua testardaggine e atterrò non sulle sue spalle, atterrò sulla terra. Quella terra piena che Impronta Leggera amava perché rendeva stabile il suo equilibrio dopo le scalate.
Le atterrò a fianco, nessuna delle due era più avanti dell'altra, procedevano pari pari. Stessa onda, stesso ritmo, stessi pensieri.
Qualche divergenza di idea c'era ma bastava parlarne e capire

l'emozione di ognuna.
Branta voleva farle intuire che la solidarietà dei diversi poteva tramutarsi in un'unione perenne.
Bastava camminare proiettate al futuro attingendo a nuove esperienze cercando di condividerle.
Branta si arricchiva il corpo volando e Impronta Leggera scalando: due metodi diversi di manifestare il proprio io ma accomunate entrambe da un desiderio profondo di star bene e far star bene.
Due leader, una di uno stormo e una di un gregge, che alla fine si sono strette la zampa per caso nel corso della vita, che stanno unendo piano piano i loro mondi e che stanno lasciando impronte.
In cielo e in terra.
Sotto ogni impronta Branta e Impronta Leggera hanno posto un piccolo seme di animo buono:
ci sarà un'ochetta che lo raccoglierà in cielo e una capretta che lo raccoglierà a terra.
E dall'alto il seme darà i suoi frutti e dal basso crescerà rigoglioso.
Per giorni e giorni.
E cresceranno nuovi animi buoni che continueranno a dipingere la terra di orme carismatiche.
E forse allora non tutto sarà perduto nel vento, tutto continuerà, nulla si dissolverà e avrà la forma dell'Amore.

ANGELICA OCCHI D'ARGENTO

Miriam Cervellin

Angelica Occhi d'argento è la mia bambina, per sempre.
Non ha ancora dieci anni, li compirà presto. Non vede l'ora di festeggiare con amici, palloncini e la crostata ai frutti di bosco che le piace tanto.
Il colore dei suoi occhi, visto da una particolare angolazione, li fa somigliare all'argento e il suo cuore, quello che s'intravede tra le lame del suo sguardo, alla neve mai calpestata.
Anche questa mattina l'ho accompagnata alla fermata dello scuolabus.
"Ciao, Occhietti d'Argento. Ci vediamo più tardi". Le dono un bacio, volendo donarle il mondo intero. Mi pare un esserino così fragile, inesperto, mi commuove guardarla. Baciarle la fronte coperta dalla frangetta castana, mi regala il buon umore per affrontare la giornata.
"Ciao, mamma. A dopo. Facciamo i biscotti nel pomeriggio". È un ordine, camuffato da speranza. Corre via, verso la sua giornata, senza aspettare la mia risposta, senza darmi l'opportunità di obiettare, come fa sempre.
Resto a guardarla mentre corre con lo zaino sulle spalle che la fa ondeggiare scompostamente. Saluta le amichette e si è già scordata di me.

La rivedo verso le cinque, ma lo scenario non è quello che, né lei né io, avremmo potuto immaginare: niente biscotti, niente farina o gocce di cioccolato.
Sono sdraiata su un letto dalle lenzuola secche e candeggiate energicamente.

Occhi d'Argento entra timorosa nella stanza, accompagnata da Barbara, la nostra vicina di casa.
"Ciao, mamma!". Mi corre incontro, un po' spaventata.
"Ciao, amore. Tutto bene a scuola?". Le chiedo per posticipare le sue domande.
"Sì, ho preso buono in storia. Mamma, perché sei qui?". Ecco, cominciano le domande importanti.
Per tutta la giornata ho immaginato questo momento e ho tentato di figurarmi le risposte che avrei dovuto darle.
"Amore, a volte capita che le persone abbiano bisogno di aiuto e qui dentro mi aiuteranno, vedrai". Fingo di saperla lunga e lei lo percepisce. Mi guarda dubbiosa.
"Quando torni a casa, mamma?". Questa domanda è più difficile.
"Non so, Occhietti, dovranno farmi degli esami, degli accertamenti per scoprire perché sono svenuta e perché i valori del sangue sono così diversi da come dovrebbero essere. Forse è solo la primavera. A volte capita che le persone siano stanche e non riescano a riposare abbastanza". Ho l'impressione che non creda a una sola virgola di quel che le sto dicendo: come darle torto, è una bambina, mica una stupida.
Guarda i miei capelli, dove la tensione ha già fatto scempio della messa in piega di questa mattina.
"Perderai i capelli, mamma?" mi domanda, morbida come un marshmallow.
"Non so, tesoro. Potrebbe essere, ma anche se fosse, ricrescerebbero". Deglutisco un fiotto di saliva amara.
"Uhm… La mamma di Camilla ha una parrucca bellissima, sembra un'attrice. Camilla dice che ogni tanto, di nascosto, se la prova". Mi guarda ancora. Trito le lacrime tra i denti e non riesco a darle una risposta.
"Papà tornerà domani, stanotte dormirai da Barbara, sei contenta?". Ha sempre desiderato dormire da lei, con sua figlia, la

sua migliore amica.
Ora è lei a non rispondermi, mi guarda con rancore, quasi mi stesse incolpando della lontananza.
"Mi hai preparato la borsa, brava! Hai messo tutto quello che potrebbe servirmi? Hai preparato anche il beauty?". Mi rifugio in frasi pratiche per allontanare la tensione.
"Sì, ho messo tutto. Mamma, promettimi che tornerai a casa subito".
"Certo, Angelica, al più presto! Ora vai, è quasi ora di cena e Barbara è un'ottima cuoca. Fatti fare gli gnocchi al ragù, i suoi sono speciali".
Alzo gli occhi verso l'amica di sempre che affonda il naso nel fazzoletto e annuisce.
Bacio Angelica e la sua testolina, mi chiedo se le sia arrivato tutto quello che volevo dirle, attraverso le mie labbra.

È andata via, apro la borsa che mi ha preparato. Nel beauty trovo tutto il necessario per la doccia e poi spazzolino, dentifricio, pettine. Ha messo anche il filo interdentale e una pinzetta, il kit per il trucco e il mio profumo preferito.
Tolgo il resto: trovo due asciugamani, un paio di blue-jeans, un twin-set lilla, una gonna in pied-de-poule, una camicia bianca col collo a scialle, una giacca da abbinare alla gonna, collant di vari colori e, in fondo, un paio di décolleté nere dal tacco alto, le ha persino lucidate.
Non c'è traccia di pigiama o ciabatte, niente vestaglia o biancheria intima. Angelica pensa che stia andando a una festa o alla riunione del direttivo, sorrido della sua ingenuità mentre una lacrima precipita giù.
Dopo una cena a base di vellutata di carote, prosciutto cotto e cavolfiori al vapore, mi sdraio in quel letto in affitto, ascoltando gli strani rumori di questo luogo e penso di nuovo a lei e alla mia

possibile mancanza quando sarà grande, quando avrà più bisogno di me. Quando il suo ragazzo preferirà un'altra, quando si laureerà ed io non potrò essere con lei e lei piangerà perché io non sarò lì. Penso a quando sarà una donna nuova scendendo dall'altare e a quando starà per avere il suo primo figlio e non potrò dirle di non avere paura, come ha fatto mia madre con me. Poi blocco questi pensieri tetri e penso che il mio unico desiderio sia non deluderla e decido, all'istante, che metterò tutto il mio impegno in questo nuovo gioco.
Tornerò a casa e le cucinerò i migliori gnocchi al ragù della storia e nemmeno Barbara riuscirà a batterli.
Quando tutto questo sarà passato, andremo a Londra per imparare l'inglese meglio della regina e compreremo un peluche per ogni animale conosciuto, armadillo compreso.
Andremo al mare e mi siederò con lei sul bagnasciuga, al tramonto e ci racconteremo tutte le nostre storie, mentre le onde ci spingeranno addosso la schiuma scavando la sabbia attorno alle nostre cosce.
Compreremo un biglietto per le montagne russe più alte del mondo e uno per tutte quelle giostre che fanno sentire vicini alla morte, ma che poi ti riportano sempre a terra.
Faremo tante fotografie, anche ridicole perché fingere di essere perfetti è da stupidi, è da persone che sono convinte di avere milioni di giorni a disposizione e non è mai così.
Coperte da grandi cappelli di paglia, raccoglieremo papaveri e spighe dai bordi delle strade di campagna, fingendo di fuggire dai nuvoloni carichi di temporale.
Le insegnerò che in ogni suo giorno buio potrà pensare ai nostri giorni di sole passati, che potrà fingere che siano stati appena vissuti e accarezzare ancora, con polpastrelli leggeri, quei momenti fissati per sempre nelle nostre retine, nelle narici e nei timpani.
E lei allora riderà delle sue paure pensando che sono state anche le

mie e scoprirà che, anche se sono spaventose, è possibile sorpassarle e lasciarle indietro, correndo più veloce, vincendo ogni gara.
Parleremo tanto, rideremo ancor di più e con tutti questi ricordi sarò sicura che le avrò costruito una corazzata perché, ora lo so, a questo serve una mamma, a costruire una barca fatta di momenti vissuti, che navighi al di sopra delle avversità e che galleggi sempre, senza affondare mai.

STORIA DI UN LAMPIONE

Mimmo Stroppiana

Londra è ricoperta da una coltre di nubi misteriose, esattamente come le sue vie sono tetre la notte. I lampioni delle piccole vie, imbastite dal ciottolato, scuro e spesso bagnato, ascoltano i passi della gente che si muove, diretta chissà dove, partita chissà quando per raggiungere mete sconosciute. Presa dalla frenesia del giorno, la gente non ammira ciò che la circonda. Una statua nasconde poesia, il freddo d'ottobre nasconde emozioni sopite nello stomaco della gente, soprattutto di notte. La vita è un moto incompreso che la gente nel quotidiano non comprende. Quando poi arriva a casa, nella sua noia, nel suo faticoso cercare un perché, trovando il nulla nel frigorifero pieno di cibo, è lì che la gente si ricorda che un lampione era più bello di un altro, una chiesa più maestosa di un'altra, una donna più viva di un'altra. L'uomo si interroga sulla noia, la donna s'interroga sull'uomo nel quotidiano, i lampioni non si pongono domande, loro guardano, scrutano, ammirano ogni gesto. Proprio come faceva Lù, un lampione londinese. Appena fuori dai parchi del quartiere di Kensington. Lù era stato messo su da un operaio agli inizi dell'Ottocento. Non ricorda la fabbrica di provenienza, si ricorda di chi lo collocò al suo posto. Un tipo basso, barba inesistente, occhi vitrei in un cielo plumbeo di ottobre. L'operaio accese per la prima volta Lù sul finire di un dì grigio, egli non conobbe nient'altro se non quei luoghi. Lo stesso uomo, sempre in abiti beige, per diversi anni si occupò della manutenzione di Lù. Aveva gran cura di lui. Un uomo che amava il lavoro che svolgeva. Una manodopera coi fiocchi. Occhi vitrei, poco estroso nel vestire ma sempre attento alle esigenze di Lù. Poco più avanti altri lampioni. Chissà come si chiamavano, chissà cosa pensavano. Lù se lo chiedeva spesso. Pensavano anche loro come lui? O era speciale? Di Fronte al giovane lampione sorgeva

una chiesa, era lì da prima. Era bella, nata dall'arte di un genio o dalla mente di Dio. Lù se ne innamorò. L'amava per i suoi dettagli fini ed eleganti, simbolo forte della vanità – Lù non sapeva cosa fosse l'amore ma la sua luce brillava a più non posso alla vista di quella splendida chiesa. Più passava il tempo, più attendeva l'ora della manutenzione del suo operaio per farsi più bello agli occhi di lei. "Chissà che nome aveva quella chiesa di tale bellezza!".
Qualche anno dopo, giunse a una decisione. Quella chiesa si chiamava Vittoria. Aveva sentito questa parola pronunciata da un giovane ragazzo che, proprio nella panchina posta ai suoi piedi, baciò una ragazza. Dopo il bacio, lui, quasi gioendo come un re che uccide un drago, esultò ed esclamò: "Vittoria, io ti amerò per sempre". Lù, dunque, decise, che anche lui avrebbe amato Vittoria per sempre, fino alla fine dei suoi giorni.
Ma cosa significa fine? Se tu non conosci la fine, non hai paura della morte.
Passarono le primavere su primavere. Il rumore dei passi della gente faceva bene al cuore di Lù, così come il chiacchiericcio e i dolci baci che nella panchina migliaia di giovani si erano scambiati, così la gente lo salvava con la sua presenza senza saperlo. Un giorno venne un nuovo operaio.
Dove era finito quello di prima? Dove?
Lù, si sentì d'un tratto triste. Un sentimento nuovo che mescolato all'amore porta alla malinconia, o alla nostalgia, Lù non conosceva bene il valore dei sentimenti ma ebbe paura – quanti sentimenti tutti insieme! Il povero Lù era semplicemente confuso. Il nuovo operaio era diverso. Non aveva cura di lui come quello precedente. Era celere ma passivo. Nessun tipo di piacere in quella manutenzione, il lampione sentì che non c'era più amore. Lù scoprì così cos'era la mancanza. La Chiesa, per fortuna, era ancora lì, ma il lampione poco più avanti di lui era difettoso. Durante la sera, quelle che a Londra fanno paura, non riusciva più ad

illuminare ciò che lo circondava. Così quell'operaio celere e non curante si portò via il lampione difettoso e dopo qualche giorno lo sostituì con un altro identico nella forma ma Lù, dentro la sua ferraglia e i fili imbrigliati, sapeva che quello non era più lui. Quella era la fine. L'unico pensiero di Lù fu: "È colpa di quell'operaio!". Davvero? Sempre colpa dell'altro?
Preoccupato da quello che sarebbe potuto succedere si rifugiò nell'ammirare la sua Vittoria. Una sera di luglio il suo rosone bruciava di splendore, era la meraviglia più bella di Londra e Lù poteva gustarsela direttamente dalla prima fila della sua panchina. La luna batteva lucente sul rosone creando un mosaico di colori variopinti che avrebbe fatto urlare alla bellezza anche il peggiore tra gli uomini. Lù dimenticò che esisteva una fine. Niente dura per sempre, neanche la luce d'un lampione, però lui credeva che la sua Vittoria sarebbe durata per sempre. Non puoi imbrogliare il mondo, questo Lù lo sapeva.
"Tutti abbiamo un tempo, la clessidra scorre la sua sabbia inesorabilmente. Cosa può ingannarlo?" Si chiedeva spesso Lù. Soprattutto nelle notti di primavera, dove il profumo dei fiori risuonava come un campanile, dicendo che la vita aveva vinto di nuovo sulle notti d'inverno.
L'operaio si occupava ancora di lui, sentiva la ruggine scorrere nel suo collo ferruginoso, il vetro, che proteggeva la sua luce, si stava sporcando sempre più. Perché quell'operaio non aveva cura di lui? Perché la gente non è tutta uguale. Così invecchiò. Nonostante la rovina stesse piombando su di lui… non demordeva e quei piccoli stralci di vista che gli erano rimasti li usava solamente per amare Vittoria. Per lei il tempo sembrò non passare.
Lù ebbe paura che il suo tempo stesse per terminare, ma una mattina di gennaio un simpatico vecchio, barba folta, capelli grigi, si sedette sulla panchina per pochi attimi, guardò Lù e andò via spedito. Passò qualche giorno ed il simpatico vecchio con un

panno e una spazzola rimise a nuovo Lù. Rinacque giovanc, fortc, brulicante di vita. Esattamente come quel vecchio che ne aveva avuto cura. Era la fortuna? Che bastarda la fortuna!
Quando sarebbe arrivata la fine?
Non aveva importanza, ciò che ha importanza è la vita. Lù avrebbe fatto qualunque cosa per aiutare quel vecchio, senza sapere perché, parlò: "Sei molto cambiato da quando baciai qui mia moglie Vittoria, adesso che lei non c'è più sono venuto qui per ringraziarti. Sei stato il mio portafortuna. Avrò cura della mia nostalgia finché potrò".
"È l'amore che illumina la notte, non i lampioni." Questo pensò Lù. Commosso conobbe il sentimento più bello da quando fu collocato lì: la speranza.
Il simpatico vecchio badò a lui per anni ed anni, fino a quando poi… non tornò più.
Era arrivata la fine?
Lù invecchiava, Vittoria era sempre più giovane.
Altri operai si susseguirono per la manutenzione di Lù, nessuno di loro fu come il primo o come il vecchio. Intanto il mondo, intorno a lui, cambiava. Cambiò la gente, cambiò il cielo. Le sere d'estate fuggivano via nel tempo come granelli di sabbia, le sere fredde d'autunno e d'inverno gelavano il suo collo freddo e il vetro di Lù, in una notte cruda, fu spezzato dalla grandine. Quella sera d'ottobre cambiò tutto. Lù si consumò, stava per spegnersi.
Londra è ricoperta da una coltre di nubi misteriose, esattamente come le sue vie sono tetre la notte.
Niente è al sicuro di notte – figuriamoci un lampione!
Lù, non se ne andò via subito, ebbe il tempo di salutare la sua Vittoria, bella come una regina.
Fu un attimo. Dei ragazzi, impugnando piedi di porco, spranghe di ferro e tenaglie piegarono in due il povero Lù. Era un gioco per loro, un gioco scorretto.

La luce si spense.
FINE.
Il mondo era cambiato, così come Londra fa paura di notte.
"Chi amerà Vittoria adesso?". Fu il suo ultimo pensiero.
Un nuovo lampione con l'aria da mendico che avrebbe amato il mondo e poi sarebbe invecchiato come tutti, arrivò vicino ai parchi di Kensington, una panchina un po' vecchiotta lo attendeva.
Quando fu collocato al suo posto, notò una chiesa. Era la più bella che avesse mai visto. Si chiamava Lù e non ricordava nient'altro.

UNA TRANQUILLA DOMENICA

Giovanni Pulci

Non dormii tutta la notte, mi aspettava una domenica molto speciale, la sognavo da un intero e interminabile anno, era arrivato l'atteso momento: si andava a mare.

E si, a sentire mio padre, una sola volta l'anno bastava e avanzava. C'era più gusto, diceva, era praticamente come *Il sabato del villaggio,* più aspetti e più lo desiderI. Il desiderio era tanto, per quanto riguarda l'attesa… Beh, lasciamo perdere.

C'era ancora buio quando mia madre diede la sveglia, pensavo fosse capitata una disgrazia, come quelle notti che bussavano ripetutamente il campanello della porta per annunciare a mio padre la morte di qualcuno. Nnon che fosse un attento esaminatore anagrafico, ma per il semplicissimo fatto che vendeva casse da morto.

Per fortuna mi sbagliai, era arrivata la tanto attesa domenica; mia madre era un tipo molto ansiosa e quindi per partire alle sette ci fece alzare alle quattro, praticamente un'adunata militare sotto la squillante tromba che suonava l'allarme; ordinatamente dovevamo fare la fila per il bagno, mentre lei preparava da mangiare un frugale spuntino, casomai ci fosse venuto appetito tra le onde oceaniche.

Ero felicissimo, quasi incredulo, finalmente si partiva per andare ad assaporare quella lunga giornata al mare sulla nostra spiaggia preferita, poco affollata rispetto le altre, della densità di tre persone a metro quadro, ma piacevolmente incastonata in un piccolo golfo con sabbia fine e acqua cristallina.

Ricordo benissimo quel giorno indimenticabile, era il 5 luglio

1970, non lo potrò mai scordare; duc scttimane prima, il 21 giugno, nei mondiali di calcio nona coppa Rimet in Messico, l'Italia aveva preso una sonora batosta dal Brasile quattro a uno, buttando tutti nello sconforto, che provocò danni cerebrali di carattere nervoso a tutti gli italiani, l'unico goal per la formazione azzurra fu straordinariamente messo in rete al trentasettesimo da Roberto Boninsegna, sotto l'attenta direzione del compianto Ferruccio Valcareggi.

Era scattata l'ora X, ci vennero a prendere sotto casa gli amici, con una fiammante fiat 850 e una 128 che allora mi sembrava immensa, mio padre aveva sì la patente, ma non la macchina. Aveva da poco disdetto alla concessionaria una comodissima e nuovissima 500 giardinetta, scoraggiato dal fatto che durante una guida di prova mise sotto una gabbia di galline che sostava pacificamente davanti l'uscio di casa di un'anziana e arzilla signora che assalì furiosamente l'incauto autista, mio padre, chiedendo i danni per la strage.

A loro si unì un parente con una Simca 1000 con sedili ancora incellofanati per non sporcarsi, con l'immancabile piumino sulla cappelliera; veniva tutti gli anni dalla Francia con tutta la famiglia per trascorrere le amate ferie nel paesello natìo. Invidiavo i suoi rampolli, perché erano figli di un benestante, lo capivo dal fatto che tutti coloro che partivano all'estero per lavoro, ne trovavano a loro dire, uno leggero e di responsabilità, pagati con fiumi di denaro e con una grande casa piena di comodità, compresa TV, lavatrice e vari altri accessori che quasi si sconoscevano in molte case.

Parlavano già da subito con uno strano accento, fumando un'altrettanto strana sigaretta puzzolente che chiamavano Gauloises, diverse dalle nazionali che vedevo fumare in piazza dai grandi mentre giocavano a briscola, erano insomma come gli americani che distribuivano a tutti i parenti caramelle, caffè e cubetti di zucchero in scatola così grandi che a malapena riuscivo a metterli in bocca, insomma… erano ricchi.

Caricammo sui portabagagli, per non farci mancare nessuna comodità, i moderni tavoli e sedie chiudibili con ombrelloni di vario genere dati in omaggio, dopo aver completato un raccoglitore con 2000 punti da Star e Invernizzi; nei bauli erano stipati, tanto quanto poteva bastare per lo spuntino: intere teglie di pasta al forno, cotolette panate, pollo meticolosamente arrostito con patate e abbondante cipolla, caffè, dolci, biscotti e un'anguria di svariati chili che andammo a sotterrare subito appena arrivati sulla spiaggia per tenerla al fresco in prossimità del nostro *accampamento*.

Il viaggio fu lungo ed estenuante, come andare in pellegrinaggio a piedi scalzi alla Madonna della Catena del vicino paese, tra scorciatoie, stradine sterrate e varie soste dovute alle necessarie fermate fisiologiche, arrivammo alla terra promessa dopo due ore circa con i capelli dritti in aria dovuto alla potente aria condizionata che entrava dai finestrini aperti per mitigare il caldo forno che imperversava nell'angusto abitacolo dell'auto.

Non appena arrivati, piantammo subito i nostri ombrelloni, conficcandoli sulla sabbia, inginocchiandoci come fece Cristoforo Colombo quando mise piede nelle Americhe; la giornata balneare si divideva tra quelli che entravano in acqua per intere ore, tanto da avere la pelle rattrappita come quella del baccalà a bagno, quelli che si arrotolavano sulla sabbia da sembrare cotolette, unti da olio abbronzante e quelli che sotto l'ombrellone stavano a chiacchierare e giocare a carte senza mai finire, sonnecchiando ti tanto in tanto.

Dannato giorno, neanche iniziato ed era già finito, rientrammo nel tardi pomeriggio, senza prima vedere il sole che toccava il pelo dell'acqua, arrostiti come polli, accompagnati da conati di vomito per la benedetta insolazione che volutamente cercavamo per farla durare un intero anno, ma soddisfatti e contenti, ricominciando a desiderare e gustare già da subito *Il sabato del villaggio* per la prossima stagione balneare.

LA VITA SCORRE

Antonio Lucarini

Luigi avanza nel bagno della casa di riposo dalle mattonelle di ceramica bianca. Come gli succede ultimamente, al suo ingresso, tutto si trasforma. Quel luogo diventa una dimensione inquietante, onirica. Si trascina a stento. Gli appare davanti Anna, com'era a vent'anni. Bionda, occhi verdi, gambe snelle ma le spuntano due ali azzurre dietro la schiena. Gli sorride, soave, muta. Si diffonde uno strano brano musicale nell'aria. Si tratta di *Anna da dimenticare*, del gruppo pop anni Settanta, I nuovi angeli. Di fronte a Luigi si materializzano i componenti del complesso abbigliati con pantaloni a zampa d'elefante e camicie sgargianti. Lui inizia a lavarsi la faccia mentre Paki, il leader del gruppo, incomincia a gorgheggiare.

"È tutto già passato, ma è vivo qui. Ho troppo da dimenticare, la vita non mi basterà. Anna con sempre troppe collane e colori". Luigi osserva il viso della moglie. È sereno.

"Mi manchi tanto sai. Soprattutto vorrei dirti che ero un bugiardo. Andavo con altre donne, come quella tizia lì, la mia collega di inglese. Bella, senza cuore, senza cervello. Così dimenticavo di fare un lavoro che odiavo, di essere diventato come non avrei voluto", le dice, mentre nella stanza da bagno appare un letto enorme. Dentro, c'è una ragazza nuda che invita l'uomo anziano a infilarsi sotto le coperte. I due si abbracciano sotto lo sguardo imperturbabile di Anna che agita lentamente le sue ali azzurre. Sorride. All'improvviso, scompaiono Anna, il grande talamo e il gruppo pop. Luigi si osserva nello specchio del bagno, in silenzio.

"Che cosa ero diventato? Cosa sono diventato?"

Ciao Anna. Come stai? Io sto bene anche se non so che fare.

Senza di te non riesco a vivere. La vita assieme era bella. Adesso non mi resta più niente. Ti cerco in tutta la casa di riposo ma ti trovo solo qui in bagno, chissà perché. Volevo dirti che ti amo, che benedico il giorno in cui sono entrato in quel negozio di intimo dove facevi la commessa. Adesso devo tornare di là, perdonami. Sento che prima o poi ci ritroveremo.

Oggi è il 12 novembre 2018. Luigi è triste, come sempre del resto. Rimugina. Pensa a quando era viva Anna. Ridevano, erano felici. Le scrive continuamente lettere che ripone in un cassetto. Tempo perso ma intenso. Pensa ossessivamente a lei. Sono stati assieme quarant'anni e poi è tutto finito come accade sempre. La sabbia scivola tra le dita come l'istante che si eclissa. La vita scorre. Ognuno crede d'essere immortale, pensa che le cose vadano avanti per inerzia, invece, prima o poi, tutto ciò che conosci sparisce. Facce, suoni, luoghi. Luigi Sperava fosse lui ad andarsene per primo. Ora è perplesso, totalmente confuso. Seduto su una delle poltrone gialle della sala ricreativa, riflette sulle cose che gli sono rimaste di quei giorni passati: in sostanza niente. Il tempo lo ha travolto. I giorni trascorsi sono coriandoli sospesi nell'aria. Accanto a lui è seduto Walter nell'altra poltrona gialla. Sono le tredici. Devono andare in sala da pranzo. Mangeranno qualcosa senza voglia, senza forze. Luigi si gira. Osserva pensieroso l'amico, non ha appetito. Gli duole la schiena, ha le gengive sanguinanti.

"Ti ricordi quando siamo andati a Parigi? È successo trent'anni fa" chiede a Walter.

"No. Tanto anche se lo ricordassi a che servirebbe? Ci avviamo verso la fine. Secondo te quanto ci resta? Due anni? Tre?" gli risponde l'amico. È un ottantenne sovrappeso, bolso. Faceva il meccanico. Ansima a causa del diabete, del colesterolo a trecentoquaranta. È un rottame. Luigi al contrario, malgrado i settantanove anni, è ancora in forma: magro, tirato. La pelle del suo viso è fresca. Era un professore d'italiano, di storia e geografia alle medie. Era stimato. Anna per lui è un'assenza lancinante. Ha perso ogni scopo. Non ha più desideri.

"Non ti ricordi? Io e Anna ti abbiamo portato con noi. Non avevi visto nulla fino a quel momento. Ti abbiamo fatto conoscere un sacco di cose. Non facevi che lavorare nella tua officina. Smontavi motori, cambiavi cinghie di trasmissione. Tua moglie Ines ti aveva appena lasciato. Come fai a non ricordarti?".

"Non mi ricordo e basta! Che facciamo? Andiamo a mangiare? Oggi ci sono gli agnolotti al ragù. Sono stufo del solito riso all'olio: è festa anche per noi anche se non abbiamo più nessuno".

"Non ho fame. Prima in bagno, mentre cercavo di espellere liquidi organici, ho visto Anna. Ci ho parlato. Era una specie di angelo con le ali azzurre. Aveva vent'anni, io invece ero quel vecchio apatico e triste che sono da anni. Mi ha dato coraggio anche se non mi ha detto niente".

"Hai queste visioni perché mangi sempre meno. Forse sono dovute alla carenza di zuccheri".

"Ti ho detto che non ho fame. Resto qui".

Walter si avvia verso la sala da pranzo dove mangerà con altri anziani spenti. Ha due figli quarantenni che non lo vanno mai a trovare ad Ancona alla casa di riposo Villa Rosa. Sono manager, vivono a Milano. Ce l'hanno fatta grazie ai sacrifici di Walter anche quando sua moglie è scappata con un rappresentante di commercio. Si è suicidata il giorno in cui quest'ultimo l'ha mollata. Sono sposati con due donne che lo odiano. Si gira a salutare l'amico che gli sorride. Ormai è pronto a tutto. Non ha nulla da perdere. Cammina, ansima. Pensa all'imminente fine che lo coglierà sereno anche perché non vuole più vivere. Luigi e Anna non hanno avuto figli. Hanno vissuto una vita assieme in perfetta armonia da quando lui è entrato in quel negozio dove lei lavorava.

Ciao Anna, amore mio. La piorrea mi tormenta. Non ho più appetito. Mi domando quanto potrò continuare così. Quando mi appari sei bellissima. Sei identica a com'eri il giorno che ti ho incontrato".

Luigi entra nel bagno. S'immerge con la mente nel solito delirio vigile. Nelle sue orecchie rimbalzano le note di *Anna da dimenticare*. Sua moglie gli appare di fronte con le sue ali azzurre. Il suo sguardo è dolce. Si materializzano lentamente I nuovi angeli. Paki si avvicina a lui e canta in playback al suo indirizzo.
"Anna che non sopporta un treno che parte. Su un treno è partita e non torna più. Ho troppo da dimenticare. La vita non mi basterà". Smette di gorgheggiare mentre il brano continua e gli urla: "Perché non le dici la verità? Smetti di tormentarti!". Luigi inizia a piangere e con fatica guarda Anna.
"Vedi. Con le mie colleghe potevo fare ciò che con te non mi riusciva più: porcherie, turpitudini. Ti rispettavo troppo. Mi sono comportato come tanti altri. Ti ricordi l'insegnante di francese, quella che sparì misteriosamente? Voleva dirti tutto. L'ho uccisa io. L'ho strangolata. Ho le mani sporche di sangue. È seppellita nel giardino della nostra casa che hanno venduto qualche anno fa. Non credo la troveranno. Nessuno sa. Ho rimosso ogni cosa. Ho finito di non essere un assassino sino ad ora. Mi dispiace. Sono stato una bestia feroce. Odiavo. Mentivo. Avevo una maschera incollata in faccia. Ora mi sono liberato di questo peso" dice ad Anna. Gli sorride, muovendo lentamente le ali, poi si dissolve assieme al complesso pop. Adesso è silenzio. Luigi si osserva allo specchio. Riflette.
Oggi è il 16 novembre 2018. Luigi è più malinconico del solito. È

appena tornato nella sala ricreativa della casa di riposo. In bagno ha rivisto la sua donna. Le ha scritto una nuova lettera. Rivive attimi perduti. Rivede il volto di Anna, le bugie che le ha detto sospese nell'aria come cristalli di sale, le carezze fra loro. Non sa chi è veramente. Barcolla. Ora è mollemente seduto su una delle poltrone gialle della sala. Si gira per salutare Walter ma lui non c'è più. La mattina del 14 novembre non si è svegliato per un malore. Se n'è andato in punta di piedi. Ora Luigi è solo. La vita scorre. Sono le tredici. Dovrebbe andare a mangiare. Non ha fame. Osserva il soffitto, respira.

"Chi sono?" si chiede ad alta voce. Nella sua mente ascolta una musica, delle parole.

"Ho troppo da dimenticare. Una vita non mi basterà".

La vita scorre.

GARE D'APPALTO IN PROVINCIA

Domenico Mancusi

Conoscevo un anziano e simpatico appaltatore, lo incontravo ogni tanto per gare d'appalto. Le aste pubbliche se si fossero perse uno ci sarebbe rimasto male, se si vincevano, il giorno dopo ma anche prima del giorno dopo, appena si fossero valutati gli effetti del ribasso fatto, non si era del tutto sicuri di sentirsi bene.
Ogni imprenditore, quando partecipava a gare, sapeva bene una cosa: la diligente disamina dei capitolati d'appalto non l'avrebbe condotto all'aggiudicazione dei lavori. C'era di mezzo la cabala. Molti non si curavano di guardare prezzi, di fare controlli e sopralluoghi, consideravano solo lo storico di gare similari per avvicinare le proprie offerte attorno alla cifra di precedenti aggiudicazioni.
Ma spesso il dolce sapore del trionfo di un appaltatore di provincia, quando vinceva una *lotteria* di tale sorta, era effimero, durava il tempo di una pacca sulle spalle, dei complimenti della concorrenza, della soddisfazione di sentirsi dire frasi come questa: "Oggi ti è andata proprio di lusso!".
Svanita l'ebbrezza della vittoria, si iniziava a pensare al salto nel vuoto appena fatto. Spesso, nelle stanze affollate da imprese di costruzioni, dove le stazioni appaltanti procedevano ad aggiudicare gare, si assisteva a fatti surreali del tipo: *se tutto va bene siamo rovinati*. A volte l'aggiudicatario si sentiva male, cominciava a grattarsi la testa, ma non era una pretattica per carpire la benevolenza di chi la gara l'aveva persa: erano davvero serie preoccupazioni.
"L'avessi persa questa gara… forse era meglio!" dicevano tanti con aria sconfortata, quando si aggiudicavano la gara. "Te la vuoi prendere tu questa gara, te la cedo in subappalto" diceva qualcuno degli aggiudicatari ad altro partecipante. "Sei più attrezzato di me, mi dai solo le spese generali di gestione e ti fai il lavoro"

continuavano a dirc.
Erano in molti a essere colpiti da una sindrome rassomigliante a quella delle neomamme, il *baby blues*.
Pensavo: tu guarda un poco, ti devi dannare l'anima per preparare una gara; devi stare attento a mettere nella busta i documenti necessari e a firmarli uno per uno e guai se ti scappa un timbro; ti devi ustionare le dita con la ceralacca; devi dare pure un'occhiata a come sono messi gli astri per il giorno della gara. Arriva il giorno dell'apertura delle buste; azzecchi il numero buono; ti aggiudichi la gara; non fai in tempo a realizzare di aver vinto e subito dopo devi stare lì a domandarti se non ti sei dato una zappata su un piede.
Partecipare a gare d'appalto al buio, era un po' come giocare alla roulette russa. Valli a capire, gli appaltatori.
Per fatti di questo genere, l'anziano impresario, aveva fatto studi approfonditi e aveva estratto le contromosse. Il veterano delle gare sentiva il dovere di comportarsi come un informatore sanitario: cercava di mettere in guardia eventuali neovincitori di gare, circa i rischi della patologia da aggiudicazione lavori. Sapeva bene, la vecchia volpe delle licitazioni, come fosse necessario agire d'anticipo: bisognava fregare sul tempo la depressione post-aggiudicazione.
Lui, il vecchio impresario, sapeva come dare una dritta ai meno esperti in fatto di gare, mi veniva vicino, mi prendeva per un braccio, mi diceva così: "Quando prendi un lavoro o vinci un appalto, è bello solo il giorno dell'aggiudicazione, appena vieni a sapere d'aver vinto!". Poi, con la convincente espressione del volto, con l'intonazione persuasiva della voce, con la forza espressiva dell'indice della mano sinistra che agitava su e giù, per dare più efficacia all'esortazione, proseguiva così: "Quando ti capita di vincere, se vuoi fare festa fallo lo stesso giorno! Non fare la sciocchezza di rimandare al sabato o alla domenica successiva.

Lascia perdere tutto. Prenditi il giorno stesso dell'aggiudicazione una mezza giornata di tempo. Vattene da qualche parte, perché dal giorno dopo cominci a pensare solo ai guai che quel lavoro ti darà. E stanne certo, te ne darà!".

Si faccia mente locale a uno convinto di qualcosa che non può fare a meno di esternare; voi iniziate ad ascoltare, capite dove vuole andare a parare, fate cenno di voler dire qualcosa, solo per dargli ragione, ma quello si agita, si infervora di più. Il vecchio imprenditore fortifica con più energia le proprie argomentazioni. Lui ci è passato attraverso quelle cose, ne ha pagato lo scotto, sa quello che dice, di fatto vi impedisce di parlare, lui presume questo: invece di approvare le sue ponderazioni, voi, invece, siete pronti a volerle controbattere. Non se ne parla proprio. Ve lo deve impedire. Vi bersaglia con ulteriori ragionamenti. Non resta che lasciarlo sfogare, uno così. Solo quando annuivo con la testa si allontanava, soddisfatto dei buoni consigli elargiti.

Per cose del genere non mi servivano grandi incoraggiamenti, per dirla tutta non c'era manco bisogno che mi aggiudicassi gare, ma la semplice sollecitazione del vecchio, saggio e logorroico impresario la feci diventare una direttiva. All'occorrenza andavo a solennizzare l'evento, lo facevo secondo il protocollo più classico per appaltatori. Non la feci passare la giornata. L'avessi fatto avrei confermato una volta di più quello che pontificava il vecchio. Non volevo mettere il carro davanti ai buoi, avevo bisogno di estrarre un esito concreto dalla indecifrabile mattinata trascorsa per la presa visione dei luoghi. Mi infilai nel solito ristorante la sera stessa.

Lì dentro si compì un collaudato cerimoniale. La scena si replicò anche quella volta. Entrai nel locale; l'amico ristoratore mi guardò in faccia; capì al volo che avevo preso un lavoro; contò sul fatto che stavo gongolando; fece salire il conto con un *Moët & Chandon*; mi disse che la mia era l'unica attività dove ancora, *con i brutti tempi che correvano,* si facevano i soldi. Fui sistemato per le feste. Mi andò pure bene. Trovavo però curioso un fatto: molti ristoratori sognavano di fare l'impresa di costruzioni e invece gli appaltatori accarezzavano l'idea di aprire un ristorante.

UNA DATA INDIMENTICABILE

Luca Andrea Pinto

Voi dove eravate l'11 settembre del 2001?
Basta questa semplice domanda per accendere la vostra memoria episodica che, con abilità, vi farà rivivere l'avvenimento che ha cambiato il mondo. Un ricordo dettagliato di dove eravate e cosa stavate facendo. Un giorno, un'ora o un luogo, e la vostra mente si colora di indelebili ricordi.

Per Marco Piras una data indimenticabile fu la mattina dell'11 agosto 1999.
Marco era un giovane sardo di venticinque anni. Precisamente, egli avrebbe compiuto gli anni alla fine di quel mese estivo, soleggiato e caldo. Era l'anno di fine secolo. Marco si sentiva già uomo, ma in realtà era ancora un ragazzo: semplice e orgoglioso.

Marco Piras, dopo aver fatto il militare nell'arma dei Carabinieri, era stato assunto presso un'importante azienda. Lavorava ai grandi magazzini con la mansione di allievo direttore. Un ruolo, ormai, che svolgeva da più di due anni. Marco - trasferitosi da poche settimane al quartiere Rivarolo di Genova, in un vecchio e storico negozio di abbigliamento a buon mercato, frequentato dalle famiglie popolari del rione - era ottimista e si atteggiava già come fosse il direttore.

In realtà, il vero direttore era il signor Zinno che, essendo responsabile anche di altre filiali genovesi, era spesso assente. Piras temeva il signor Zinno a causa di una riverenza gerarchica che aveva sempre provato nei confronti dei suoi capi, e anche perché, quando Zinno presidiava il negozio, lui si sentiva messo in disparte, da quell'atteggiamento del vero direttore che *tutto sapeva e tutto decideva.*

Marco lavorava con impegno e precisione. Amava fare il manager. Sentiva forte la responsabilità: voleva essere un difensore delle regole; non più con la divisa del Carabiniere, ma con giacca e cravatta. Lui così serio, vestito con abiti presi in saldo, fuori moda, con la camicia dal colletto troppo largo e la cravatta dal nodo grosso.

Marco Piras dava del *lei* alle commesse e pretendeva da loro lo stesso formale rispetto. A volte, però, le giovani ragazze lanciavano all'allievo sguardi complici e ammiccanti pieni di malizia, cercando di ridimensionare la sua figura a quella di un semplice ragazzo di bell'aspetto e di buon partito. A Marco piaceva essere desiderato, ma resisteva alle lusinghe, timido, mantenendo la serietà e distanza richieste dal suo ruolo. Quella mattina, in negozio, Marco era solo con tre commesse: Ivana e Paola, due ragazze giovani e carine, e la signora Marta, una donna più attempata, ma di grande esperienza.

"Signor Piras, mi scusi, c'è fila in cassa: potrebbe aprire anche lei ?" disse la signora Marta, affacciandosi alla porta aperta dell'ufficio.
"Sì, Marta, un minuto e arrivo subito" rispose Marco, aprendo il cassetto della scrivania per cercare il mazzo di chiavi necessario all'apertura della cassa.

Il negozio era sempre molto frequentato. Quella mattina però c'era più frenesia del solito. Era come se i clienti avessero fretta di terminare gli acquisti: come se fuori dal negozio ci fosse altro di più interessante da vedere. Marco aprì la cassa numero due. A un certo punto, intravide, al termine della fila dei clienti, una giovane mamma accompagnata dalla figlia. Una bella donna, dal fisico sportivo, con gli occhi azzurri e lunghi capelli color castano chiaro. La ragazza, era ben curata, anche se vestiva semplice, come fosse pronta per andare in spiaggia. "Una giovane mamma per bene" pensò Marco.

La figlia, avrà avuto 6/7 anni, era altrettanto bella e solare: anche lei con grandi occhi celesti e lunghe trecce bionde; fresca, vestita con una salopette in jeans e la T-shirt fantasia.
Marco guardò la donna e lei ricambiò l'occhiata. L'intesa di sguardi accese in lui un immaginario ricco di sottintesi che lo fece emozionare. Arrivò il turno della giovane mamma: lei con le mani occupate dai vestiti da acquistare e la figlia che la precedeva lungo il corridoio della cassa. La piccola, dallo sguardo sveglio, osservava interessata i gesti del giovane cassiere che, con velocità professionale, apriva uno shopper, preparandosi a passare sul lettore laser le etichette della merce scelta dalla bella cliente.

"Buongiorno" disse Marco, quasi sottovoce, accennando un timido sorriso.
"Buongiorno" rispose, luminosa, la ragazza "mi scusi, è vero che su queste magliette c'è il tre per due?".
"Sì, vero" rispose telegrafico Marco, svelando così il suo accento e arrossendo, sempre più inibito da quella straordinaria bellezza.
Non sapendo cos'altro dire, egli prese le magliette, le passò al lettore, interrogando poi la cassa sul totale da pagare.
Poi accade qualcosa:
"Mamma!" disse la figlia con voce squillante.
La bambina dal viso ingenuo, guardando prima Marco negli occhi e poi rivolgendosi alla madre, disse nuovamente, con tono lamentoso:
"Mamma, ma perché prima mi hai messo addosso quei costumi?".

Un attimo interminabile come l'eternità: Marco sentì una scarica di sangue freddo e un anomalo silenzio calò intorno a lui e dentro di lui.
"Cosa?" pensò disarmato "ma di quali costumi parla? Possibile?"
Lo sconcerto, la perplessità e l'amarezza: un interrogativo alquanto complicato.
La donna era una taccheggiatrice colta in flagrante. Ma assieme a lei c'era una bimba innocente che, indossando dei costumi, poteva subire l'imbarazzante situazione.
O forse, la bambina non era così innocente: lei era la complice che, deliberatamente, ora stava denunciando la madre. Chi tradisce e chi è vittima? Marco Piras, impreparato, deluso e senza indizio, non trovò risposta.

Lui guardò per un istante la donna negli occhi e, come per inerzia, fece finta di non sentire.
La donna, disorientata dalla situazione, guardò la bambina con grande stupore, poi volse uno sguardo timoroso al cassiere. A rompere l'imbarazzo di quel momento complicato fu lo stesso Marco.
"In totale fa trentatremila e novecento lire" disse, cupo in volto, con tono duro e scandendo bene le parole. La donna in silenzio e con lo sguardo basso pagò, in fretta, per allontanarsi dalla cassa; tenendo per mano la bambina, uscendo veloce dal negozio.
Paradossalmente, assieme alla mamma e alla figlia, uscirono per strada anche altri clienti. Velocemente il negozio si svuotò del tutto.
Il giovane cassiere, ormai trasognato, si riprese solo quando una delle giovani venditrici lo chiamò.
"Signor Piras, è il momento!" disse Ivana.
"Cosa?" rispose Marco, agitato.
"L'eclissi, è ora! Signor Piras: possiamo uscire anche noi? Solo un

attimo, per vederla!" supplicò la ragazza.

Marco allora ricordò tutto. Quel giorno in tarda mattinata ci sarebbe stata un'eclissi di sole, l'ultima del millennio. L'eclissi totale sarebbe stata visibile solo nei paesi dell'Europa settentrionale, ma anche in Italia il fenomeno sarebbe stato osservabile. Per pochi minuti, il cerchio scuro della luna sarebbe cresciuto dentro il disco solare, ingannando così la luce.
"Sì, va bene" rispose Marco, infastidito "però non andate tutte insieme e fate attenzione perché il negozio è comunque aperto". Dicendo queste parole, rammentò il furto appena subito e sentì una stretta allo stomaco. Era rimorso o forse vergogna. Aveva tragicamente mancato al suo dovere. Ormai era tardi per rimediare. Lui, unico testimone della sua incapacità, era la vera vittima tradita.

Marco Piras, anche lui, volle assistere al famoso evento astronomico e uscì per strada.
C'era ancora luce, in quella giornata di cielo limpido ma tutto era stranamente ombrato. Era una luce smorzata di un sole ridimensionato. Sul marciapiede alcuni passanti, immobili come alfieri di una scacchiera, alzavano la testa allo zenit. Una motoretta scoppiettante, sgasando per la via, ruppe il silenzio di quel momento surreale.

Marco volse lo sguardo verso quel sole freddo che non lo scaldava e chiuse gli occhi davanti a quell'eclissi che eclissi non era, cercando di dimenticare.

IL PROBLEMA DELLA CLESSIDRA

Giovanni Ruggiero

La malattia,
all'origine, non è materiale, bensì
il risultato di uno squilibrio tra le
scelte compiute con la
mente e i desideri del cuore, a un
livello più profondo.
Edward Bach

La sabbia che si schiantò sul muro, tuonando fulminea per poi colare anche negli interstizi tra il battiscopa e la parete della camera padronale del dottor Coramela, lo sorprese; nonostante il suo braccio fosse ancora teso in avanti pronto a testimoniare la paternità del gesto che richiamò spaventata la nuova cameriera straniera.
"Dottore Cuoredimela! Cosa ha fatto lei clessidra per meritare questa fine?" sostenne con fare deciso, aggrottando le sopracciglia.
"Mary, scusami. Non potresti capire. Lasciami solo, per favore".
"Dottore, italiano poco capiscio e poco riferiscio, ma orecchie io ho per sentire se vuole lei liberare".
"Grazie, Mary. Mi riuscirebbe davvero difficile spiegarti quello che provo in questo momento".
"Lei no vecchio, perché vuole ammazzare tempo? Forse suo problema gambe no buono per futuro?".
"Ah, Mary. I miei arti inferiori non hanno niente che non va, non funzionano solo nella mia testa. Dall'incidente con la Porsche ne sono uscito fisicamente illeso, anche se non riesco più a camminare. Lo so, è difficile da capire e questo esempio, forse,

non ti dirà niente, ma quello che mi succede assomiglia alla storia di quel barbiere interpretato da Massimo Troisi in un film visto tanti anni fa, in cui l'attore soffriva di una malattia psicosomatica invalidante per le sue gambe a causa dell'amore finito con la sua ex ragazza".

"Signora Eleonora divorzia da lei? Clessidra significa tempo finito per voi?".

"No, Mary. Ci vogliamo ancora bene, forse più del primo istante in cui ci incontrammo. Vedi, quella clessidra infranta mi ha fatto pensare alla soluzione di un problema di matematica ai tempi della scuola elementare. Lo so, può sembrare folle, ma è così. Dopo tutti questi anni, lo ricordo ancora: 'una clessidra è costituita da due coni circolari uguali alti dodici centimetri ciascuno. Dopo otto minuti, il livello della sabbia nella parte superiore è sceso di sei centimetri. Quanto tempo manca ancora perché la clessidra si svuoti completamente?".

"Lei sa ora risposta problema?".

"Sì, purtroppo. Non si svuoterà mai completamente; magari uno dei due coni, ma la clessidra resterà sempre mezza piena".

"Questo è vero problema per lei? Certezza passato andrà mai via?".

"Sì, Mary, il passato allunga il nostro DNA. Il giorno dell'incidente, il 15 di giugno, non è stato un cane randagio a farmi schiantare contro l'albero. Da dieci anni, quel giorno lo dedico a... Scusami è difficile, sei la prima persona a cui lo dico. Cercavo di far tacere la coscienza, alla stregua di chi vota democraticamente senza uno straccio di idea e si appiglia alla *soluzione* che grida più forte per non sentirla più. Non è facile ragionare quando ad urlare è la coscienza. Scusami, sto divagando, ma è estremamente arduo arrampicarmi sulla montagna di rifiuti che ho accumulato per non vedere oltre. Ogni anno, come ti dicevo, prendo la macchina e percorro cento chilometri fino ad un monastero di clausura tra le colline della provincia di Orvieto. Lì, resto solo cinque minuti, il tempo necessario per lasciare un rametto di pino silvestre sulla soglia del cancello, sospirare e andare via. Perché un rametto di pino silvestre? Mmm... Tu forse non lo sai, ma io sono un neurochirurgo di una certa fama, eppure, in questo caso, non ho trovato altro salvagente a cui aggrapparmi se non quello fornito da una terapia alternativa chiamata *Fiori di Bach*. Mi vergogno e sarei pronto a negarlo in ogni sede se questa cosa dovesse sapersi! Ma, anche se ripetute e approfondite ricerche medico scientifiche ne hanno dimostrato il vano esito terapeutico, se non l'effetto placebo, a me è bastato per un po'. Il pino silvestre, per il suo ideatore, è legato ai sentimenti di pentimento e perdono; utile per un soggetto che vive nel continuo rimorso e nei sensi di colpa per gli errori commessi, come me. Si chiamava Gloria, perché adesso non so neanche che nome abbia assunto nel nuovo ruolo di depositaria della vera fede espiatrice nella ristretta cella del monastero di clausura; aveva 18 anni appena compiuti quando, accompagnata dai genitori, entrò nel mio studio privato. Venivano da un paesino del basso Lazio, su invito del prete, Don Gaetano, rimasto alquanto scettico sulle reali esperienze mistiche accorse a Gloria. La ragazza, infatti, riferiva di parlare con una presenza Celeste, una donna che assomigliava alla madre di Gesù, così come la descrive il credo popolare. La visitai. Soffriva di epilessia dei lobi temporali, un disturbo che può portare alla convinzione di profonde esperienze religiose. Fu maggiormente il padre, caduto in ginocchio piangente, a scongiurarmi di non dire niente alla figlia: con il prete avevano già deciso il suo destino di suora, lontano dalle folle adoranti e dal calvario che ne avrebbe ricavato esponendosi. Lo vedi, Mary, cosa ho combinato! In questo caso, si propone la terapia chirurgica che asporta la regione cerebrale in cui originano le crisi epilettiche, con un successo nel settanta o novanta percento dei casi operati, che spesso porta ad una

guarigione completa. Non so se sarci stato in grado di guarirla, ma tacendole questa possibilità ho contribuito ad infilarla in un imbuto senza alternative se non quello della follia. Ho abbracciato volontariamente quell'albero per poter finalmente dimenticare, ma neanche la morte ha voluto lenire questo tormento; ancora una volta, il destino si è preso beffe di me perché, paralizzandomi su questo letto, mi ha tolto la vita di prima, ma non la maledizione di ricordarla. Mary, dimentica quello che ho detto, scusami. Per pranzo non portarmi niente".
"Dottore, lei pensa già che no fame avrà, quando invece altro da fare prima c'è" sorrise, accompagnando lo sguardo dell'interlocutore verso il cumulo di sabbia e vetri sul pavimento.
"Mary, a proposito, quella clessidra da dove è spuntata? Non mi pare di averla acquistata".
"Dottore, il tempo è un dono che ci viene dato alla nascita e non è mai sprecato se vissuto fino all'ultimo granello. Cosa le fa pensare che il suo dolore giustifichi l'emorragia sabbiosa di un suicidio? Davvero crede che tutto sia malattia e tragedia o che ci abbiano rubato il futuro? Davvero è convinto che l'unica via di fuga sia rintracciabile in archetipi logori non aggiornati e aggiornabili al presente?".
"C-chi sei? Perché all'improvviso parli così e assomigli alla... E questa luminosità da dove proviene?".
"Lo sai a cosa serve una Mamma? Ad ascoltare e guidare. Alzati adesso e pulisci a terra, niente avviene mai invano". Sorrise, accogliendolo nella luce calda di un abbraccio.

UN AMORE

Silvio Nizza

Lui era un omone grande e grosso, lei esile e minuta.
Avevano trascorso un'intera vita insieme ed avrebbero potuto scrivere un libro intero coi ricordi della loro vita.
Erano altri tempi quelli, i matrimoni per lo più venivano combinati ed anche il loro forse lo era stato, ma poi era stato amore vero.
Ne avevano passate tante insieme, gioie e dolori, ma senz'altro più gioie che dolori, avevano vissuto momenti perigliosi e giornate spensierate.
Lui era stato ferroviere, aveva percorso tutti i gradini della carriera che il suo livello d'istruzione gli consentiva, diventando infine capotreno.
Lei era rimasta sempre in casa, così s'usava una volta, tenendo in ordine l'abitazione, cucinando per il marito e tirando su i figli quando questi erano arrivati.
Lui era un tipo intraprendente, non si perdeva mai d'animo ed anche nei momenti difficili in una maniera od un'altra sapeva trovare sempre una soluzione.
Lei fidava nella buona sorte ed era certa che se non si faceva del male al prossimo si sarebbe stati certamente ricompensati dal destino.
Luciano e Giuseppina erano i loro nomi, nomi non importanti, nomi comuni, destini usuali, come tanti.
A Luciano piaceva raccontare le sue disavventure giovanili, come quella volta che alla guida del suo locomotore vide in lontananza un tronco d'albero abbattuto di traverso sui binari e dovette aggrapparsi con tutte le sue forze al Westinghouse per frenare il treno, riuscendo a fermarlo a pochi centimetri dall'ormai inevitabile deragliamento.
O come quella volta in cui, durante la guerra, organizzò uno

stratagemma per riuscire a portare dei sacchi di farina in casa.
C'era il razionamento all'epoca, e la quantità di farina ottenuta con le tessere non era certamente sufficiente per sfamare la famiglia, per cui c'era bisogno di integrarla con quella procacciata al mercato nero.
Trovarla ed assicurarsela pagando in contanti non era di sicuro un problema, il problema era però poi trasportare i sacchi di farina fino in casa senza essere visti e senza destare sospetti nella milizia.
Cosa aveva architettato allora quel cervello fino di Luciano?
Si era messo d'accordo con l'autista dell'ambulanza, suo amico, e così avevano sistemato i sacchi di farina sull'automezzo, trasportandoli poi fin davanti la porta di casa, e scaricandoli quindi velocemente nell'ingresso dell'abitazione, senza destare alcun sospetto, simulando magari all'occorrenza un malore della moglie incinta.
Giuseppina, da pari suo, era una giovane sempre ottimista e di buonumore.
Aveva molte amiche, ed era sempre lei al centro della comitiva, con le sue battute sempre pronte, il suo spirito arguto e la bonomia che contraddistingue le persone, magari non colte, ma ricche di buon senso e di savoir-faire.
Anche lei, però, da ragazza aveva passato i suoi momenti tristi e perigliosi. Come quella volta in cui, durante le incursioni aeree, una bomba aveva sfiorato la sua casa danneggiandola e lei ne era uscita miracolosamente incolume, ma quasi irriconoscibile piena di polvere e di residui di calcinacci.
Sia come sia avevano trascorso un'intera vita insieme, ma questi ormai erano tempi andati, buoni per raccontare ai nipotini aneddoti ormai sepolti dal tempo.
I figli già da tempo erano cresciuti, si erano sposati ed erano andati via, costruendosi a loro volta le loro famiglie.
Luciano e Giuseppina ormai erano vecchi, non anziani, ma vecchi,

perché non dirlo?
Luciano aveva gli acciacchi consueti dell'età, ma tutto sommato era ancora in buona salute e conservava intatto il suo spirito d'iniziativa giovanile.
Giuseppina nutriva ancora immutato tutto il suo buon umore d'una volta, ma la salute purtroppo non la sosteneva più. Soffriva di un'asma bronchiale cronica che nei frequenti attacchi acuti la lasciava nel vero senso della parola senza fiato, con l'esile petto che si gonfiava e si svuotava come un mantice a più non posso, cercando di incamerare almeno il minimo di ossigeno necessario per tenerla in vita.
Nonostante ciò, però, conducevano una vita serena.
Giuseppina, date le sue precarie condizioni di salute, non usciva ormai praticamente di casa da parecchi anni ed era Luciano ad occuparsi ormai di tutti gli acquisti, ma la cosa non gli pesava, anzi sembrava a volte divertirlo.
Raccontava senza remora alcuna che se gli capitava di imbattersi in qualche negozio che pubblicizzava sconti per qualche prodotto di suo gradimento era capace di farne incetta, portandone a casa quantità spropositate. Come quella volta che era tornato a casa con dieci lattine di pomodori pelati, cinque pacchi di spaghetti e cinque bottiglie d'olio, sfinito ma soddisfatto ed orgoglioso del risparmio conseguito.
Da sempre in quella casa per espresso desiderio di Luciano si mangiava una sola volta al giorno, a pranzo, ed il menù consisteva immancabilmente in una scodella enorme di pasta al pomodoro per lui ed in un piatto con quattro fili di pasta sul fondo per lei.
Luciano, se non si è ancora capito, era abbastanza tirato, oculato sosteneva lui e non gli piaceva certo buttare i soldi dalla finestra.
Non si vergognava a dire che se fosse stato capace di lavorare a maglia non avrebbe disdegnato di vendere i maglioncini confezionati ai ferri con le sue stesse mani.

L'orizzonte della loro vita, comunque, ormai si avvicinava inesorabilmente, e sovente Luciano ripeteva sottovoce lentamente che sarebbe dovuta essere Giuseppina a morire per prima.
Non era egoismo però questo e men che mai cinismo, ma era amore. Amore puro.
Luciano voleva essere certo che la sua adorata Giuseppina avesse una sepoltura dignitosa e voleva essere lui e nessun altro a sistemarla per l'ultimo viaggio.
Questo era l'ultimo desiderio di Luciano e Giuseppina lo ascoltava in silenzio scuotendo lentamente il capo, non si sa se per disapprovazione o rassegnazione.
È così fu.
Dopo poco tempo, Giuseppina lasciò questa terra, accompagnata e sistemata per l'ultimo viaggio da Luciano, che poi la seguì sulla stessa via, non molto tempo dopo.
Forse, chissà, si saranno ritrovati in qualche altro luogo lontano nel tempo e nello spazio e staranno ancora scherzando e ridendo fra loro come un tempo.

IL DIAVOLO DENTRO LO SPECCHIO

Sonia Filippi

La piccola si guardava nello specchietto contornato di plastica rosa, con molta attenzione. Un tocco del rossetto della mamma sulla boccuccia e voilà ora le somigliava proprio. Era leggermente sbavato nei contorni e un po'era finito pure sui dentini. Ma era comunque uno spettacolo. Mancava solamente indossare le sue scarpe di vernice e poi sarebbe stata pronta. Mise la suppellettile nella borsina che teneva a tracolla, non dopo essersi data un'ultima occhiata soddisfatta. Era bellissima come lo era la mamma.
"Adele!" la voce perentoria della nonna alle sue spalle la fece girare di colpo facendole perdere l'equilibrio sui tacchi troppo alti, rimase in piedi per un soffio. "Quante volte ti ho detto che non bisogna essere vanitosi. La vanità è un peccato mortale, ricordalo! E se continui a specchiarti finirai all'inferno" la sgridò l'anziana tirandola per un braccio davanti alla specchiera nel corridoio.
"Lo vedi, Adele?" l'ammonì la nonna "lì in fondo, dentro lo specchio? lo vedi?". Ripeté urlandole contro e scuotendola con energia, indicando un punto al di là delle loro immagini riflesse.
"Lo vedi il diavolo come ti osserva ed è contento perché stai peccando? Se continui così un giorno ti verrà a prendere. Ricordalo".

Veramente lei non vedeva niente ad eccezione di loro due, ma se lo diceva la nonna, doveva per forza essere vero. Si concentrò su un punto della superficie, là dove l'anziana indicava. Dapprima vide solo le loro immagini, ma poi guardando meglio lì proprio lì, nell'angolo più buio c'era un'ombra, dietro di loro, o forse no proprio davanti. Non capiva bene, ma le pareva che la guardasse con un ghigno famelico, sorridendole e allungando quello che sembrava un artiglio, nel tentativo di raggiungerla e afferrarla.

Qualcosa di oscuro e minaccioso, chc la stava aspcttando e prima o poi l'avrebbe presa. Sbatté gli occhi più volte, impaurita, riaprendoli nella speranza che quella cosa spaventosa non ci fosse più. Ma era sempre là e malignamente le sorrideva. Aveva cominciato a tremare nella convinzione assurda che la nonna l'avrebbe consegnata al diavolo perché aveva peccato e ora doveva pagare. Ma poi all'improvviso era tutto scomparso, nello specchio solo la sua immagine e quella dell'anziana. Forse dopotutto era solo frutto della sua fantasia. Questa paura però le era rimasta per un lungo periodo, evitava accuratamente di specchiarsi o anche solo di passarci davanti. Solamente dopo la morte della nonna e una volta cresciuta aveva compreso che erano solo sciocche superstizioni e ripreso una vita normale.

Per questo non sapeva nemmeno lei perché quel brutto ricordo le fosse saltato in testa in quel momento. Se ne era dimenticata per così tanto tempo. E ora, curiosamente, le rimbalzava nella mente con un sottofondo spiacevole. Lì davanti a quello specchio antico che aveva attirato la sua attenzione. Tra tutte le cose del negozietto d'antiquariato, in quello sperduto paesino in Provenza, quella aveva catturato subito il suo interesse. Quasi un déjà vu di quel giorno lontano della sua infanzia. Sorrise, ripensando a nonna Marge mentre la rimproverava. E quante volte l'aveva fatto, tutte quelle in cui l'aveva vista con quell'oggettino di plastica rosa con su incastrato quel pezzetto di vetro con gli angoli scrostati. Che brutta fine aveva fatto. La nonna glielo aveva requisito gettandolo nella spazzatura e mettendola in punizione, chiusa nella sua cameretta. Per il suo bene ovviamente.
Scosse la testa per cancellare quel brutto ricordo e guardò con attenzione lo specchio antico in vendita. Era veramente molto bello, nel salone del suo appartamento ci sarebbe stato una meraviglia. Con quella cornice di ebano tutta intagliata era un

capolavoro. Ogni singolo ricciolo di quel legno indicava una maestria veramente notevole. Era l'opera di un vecchio artigiano del posto, risalente alla fine dell'ottocento. Un pezzo pregevole, di valore, la cifra era cospicua ma non esageratamente. Non ci pensò nemmeno un attimo, l'avrebbe acquistato. Contrattò un po', più per testare il suo francese per altro decisamente pessimo, che per effettivo risparmio, così alla fine pagò la cifra richiesta.
L'antiquario le diede un certificato che ne attestava l'autenticità e alla fine con un sorriso che le parve un po' inquietante, la congedò con un *bonne chance* quasi sussurrato.

Come aveva supposto, lo specchio valorizzava decisamente il salone. Posto su quella parete sopra la consolle di mogano era a dir poco, perfetto. Da parte opposta la delicata vetrinetta che conteneva la sua collezione di cristalli, illuminata da sapienti luci, che rimbalzavano sulle sfaccettature degli oggetti, creava un gioco di luci che si riflettevano, rimandando un'atmosfera che aveva qualcosa di magico. Fortunatamente era arrivato intatto, portando un angolo di Francia a casa sua. Si soffermò a guardarsi. I lunghi capelli neri, e le lentiggini che le spruzzavano il naso donandole un'aria di eterna bambina. E poi i grandi occhi verdi. Gli stessi di nonna Marge. Si toccò le labbra delicatamente, passandovi le dita e di nuovo quel ricordo lontano le ritornò alla memoria. "Adele!" la voce della nonna che la rimproverava. Si girò di scatto. Dio, le pareva veramente di averla sentita. Che stupida, ora non era più una bambina. Ora era una donna, conscia della sua bellezza. Erano solo le vecchie superstizioni di una altrettanto vecchia signora, niente di più. Tornò a guardarsi. Le mani tra i lunghi capelli. Non era vanitosa, no certo che no, bensì orgogliosa della sua avvenenza, dell'eleganza che traspariva da tutta la sua persona. Un leggero movimento di ombre dietro di lei riflesso nello specchio la fece trasalire. Si voltò nuovamente, le luci dei cristalli creavano infiniti caleidoscopi, quasi un vortice di colori. Pcr un attimo un senso di nausea la colpì, e fu costretta a reggersi. Era tutto normale, si disse, scioccamente quel ricordo l'aveva appena appena turbata facendole per un attimo immaginare, cose del tutto inesistenti. Di nuovo si specchiò, e ancora quel gioco di ombre e luci lì nell'immagine riflessa. Toccando la fredda superficie della suppellettile con la mano adesa, si girò ancora per la terza volta. Niente, non c'era nulla di cui avere paura. Era come se fosse irresistibilmente attratta dalla sua stessa immagine. Rimanendo lì fissa, immobile, senza riuscire a staccarsi da essa. Poi, spinta da qualcosa, vi alitò sopra appannando in parte il suo bel viso. Ma a mano a mano che il vapore si ritirava qualcosa di oscuro e immenso appariva dietro di esso. Si avvicinava inesorabile, davanti a lei, fino ad afferrarle le mani con i suoi artigli.

"Sono venuto a prenderti Adele" le disse " Abbiamo un appuntamento, ricordi? Da lungo, lungo tempo".
Chissà perché non ne fu nemmeno sorpresa. Sparì dentro lo specchio, mentre il diavolo la portava con sé.

MARY LOU CHIUSE GLI OCCHI

Daniele Pratesi

Stavano facendo l'amore mentre il telefono squillò. Si erano conosciuti al Moodi's, poco tempo prima. Lei quella sera, al locale, aveva bevuto. Era con delle amiche: era la prima volta al Moodi's The Cocktail Bar. Quando entrò Mickey, sobbalzò dallo sgabello. Lo guardò, poi fece cenno con la testa a Courtney, la sua amica che sedeva proprio lì accanto.
Mickey era con un amico. Entrarono ridendo, spintonandosi l'un con l'altro. C'era musica altissima.
Il compare, al bancone, fischiò alla barista. Poi Mickey fece:
"Tamara, ciao!"
"Beh? Il tuo amico pensa di essere al circo o cosa?" e batté il panno umido sul bancone.
L'amico arrossì. Poi Mickey gli cinse le spalle con un braccio e disse: "Oh, lui? È un bravo ragazzo, Tammy, ha solo bisogno di un po' di quella robaccia".
La barista scosse la testa, si girò verso i bicchieri e versò loro due whiskey con ghiaccio.
Poco dopo, Mary Lou si fece avanti. Non sapeva che di lì a poco la sua vita sarebbe cambiata.
"Chi era al telefono?" domandò Mary Lou ancora nuda.
"Non ne ho la più pallida idea" replicò Mickey dal bagno mentre tirava lo sciacquone.
"Vieni". Mary Lou lo invitò a sdraiarsi ancora accanto a lei.
Quella mattina uscirono di casa alle undici. Salirono sulla vecchia cabrio Ford Mustang del Settanta e si diressero a Monterey. Alfred e Mario li avrebbero aspettati da Big Mama's Diner.
"Forse, al telefono, erano i fratelli Rogers" esclamò d'improvviso Mary Lou, mentre sfrecciavano sull'asfalto bollente.
"Stai tranquilla, risolveremo tutto" provò a rassicurarla.

"Ho sempre avuto il sogno di trasferirmi alle Hawaii, ci andremo mai?".
"Starsene lì, in spiaggia, a sentir suonare l'ukulele e a bere dalle noci di cocco. Si, tesoro!"
Mary Lou chiuse gli occhi, il vento le accarezzava i capelli: incominciò ad immaginare quei posti e a sentirsi addosso il caldo tropicale e il profumo dei fiori di ibisco.
Arrivarono al Diner per l'una, come da accordi.
"Eccoli" fece Alfred, seduto al tavolo, vedendoli entrare.
"Signori" esordì Mickey facendo un cenno con la testa.
"Sedetevi". Alfred indicò il divanetto di fronte.
Si misero a sedere. Lo sguardo di Mario si perse per un istante tra le lunghe cosce di Mary Lou.
Mickey, silenzioso, intercettò quell'istante. Poi si concentrò su Alfred che incominciò a spiegare:
"Tu sarai il giornalista e lei la tua *amichetta*. L'intervista si farà all'interno, ma ad un certo punto tu dirai a quel direttore ciccione, Mr. Outovsky, di voler uscire per fargli incontrare il capo redattore, che sarei io".
"Tu non entri?" domandò Mickey.
"Gli dirai che il capo vorrebbe incontrarlo, ma che è in leggero ritardo e che comunque nel frattempo vorresti fare una foto con lui di fronte all'insegna. Così, daremo modo a Mario di entrare".
"E come?"
"Tutte le sere, all'ora di chiusura, la ditta Clean Up manda qualcuno a pulire il negozio. Parcheggiano nel retro. Mario avrà il tempo di sbarazzarsi di quel tipo, mettersi la divisa della ditta di pulizie ed entrare".
"E io?" chiese Mary Lou masticando un chewing gum.
"Tu farai da palo. Quando sarete fuori per fare due chiacchiere ed aspettarmi, te ne starai davanti alla porta d'ingresso o nei paraggi. Mr. Outovsky ha una fissa per quelle del Vermont. Tu sei del

Vermont, no?".
"Pennsylvania".
"Beh, fa lo stesso. Per quel giorno sarai una splendida bionda del Vermont! Ti vestirai un po' succinta, metterai quelle *bombe* in risalto e avrai una bella scollatura così da fargli drizzare il cazzo: insomma, dovrai distrarlo un po'".
A quelle parole Mario fissò la maglietta di Mary Lou e i suoi capezzoli turgidi.
In quel momento arrivò la cameriera.
"Altro caffè?" indugiò un attimo, poi lo versò a tutti.
La discussione andò avanti per un'altra mezz'ora. Il piano era rapinare lo storico Fentons Creamery con la scusa di essere giornalisti del Vermont Herald, un nuovo free press che intendeva raccontare la storia del Rocky Road Ice Cream, il gelato più amato dagli americani. Il bottino giornaliero, durante il weekend, solitamente raggiungeva i ventimila dollari. Il totale sarebbe stato diviso quasi interamente tra Alfred e Mickey: a Mario sarebbero andati mille dollari per il disturbo.
Prima di uscire e dividersi, presero ancora del caffè. Mickey e Mary Lou si diressero al Caprice Lodge, un motel poco distante da lì dove avevano prenotato una stanza.
Parcheggiarono la vecchia Ford nel parcheggio semivuoto. In camera, Mary Lou si mise a rovistare in valigia cercando il costume. Mickey si sdraiò nel letto e si accese un sigaro. Guardava la sua donna in piedi di fronte allo specchio: riuscì a vedere i suoi seni nudi prima che indossasse il pezzo di sopra. Pensò alle donne del Vermont e a cosa avessero di così attraente.
«Faccio un tuffo» disse Mary Lou uscendo.
"Ti raggiungo tra un attimo, tesoro"
Su quel materasso scomodo, Mickey pensò alla rapina e se davvero ne valeva la pena.
Alfred era un tipo tosto. Ma quel Mario gli sembrava proprio un

coglione. Sapeva che sarebbe bastato poco per mandare tutto all'aria. Spense il sigaro sul posacenere del comodino, si mise un paio di bermuda e raggiunse Mary Lou in piscina.
Portò con sé due birre ghiacciate.
"Tieni, tesoro" le fece.
"Grazie".
Mary Lou se ne stava sdraiata su un materassino in mezzo alla piscina assolata. Lui poggiò la sua birra sul bordo e si tuffò. La baciò sulle labbra: "Sei uno schianto!" disse.
"E allora perché mi hai fatto uscire di camera" lo incalzò lei continuando a baciarlo.
"Hai visto come ti guardava quello stronzo di un italiano, giù al Diner?".
"Che fai, ora ti metti a fare il geloso? Sono o no una sgualdrina del Vermont?".
"Fanculo il Vermont! Questo colpo non si fa!".
"E i tuoi debiti?" replicò Mary Lou dopo un goccio di birra.
Mickey si immerse in acqua, poi si spostò sul bordo piscina: si attaccò alla birra e la finì in un solo sorso. Mary Lou nuotò per avvicinarsi a lui e sussurrargli qualcosa all'orecchio.
Poco dopo, in stanza, lui in piedi dietro di lei, la teneva per i glutei. Mary Lou ansimava, il getto d'acqua della doccia scendeva forte sulla sua faccia: se ne stava lì, nella vasca, dritta con il culo in fuori, e il palmo delle mani spiaccicato al muro. In quei momenti si sentiva amata.
Quando finirono, lei si accese una sigaretta e si mise a sedere sul water. Mickey, con il solo asciugamano addosso, poggiò il suo sedere sulla poltrona e accese la tivù.
"Sei ancora preoccupato?" domandò Mary Lou dal bagno.
"Non mi fido di quello" disse lui a voce alta alludendo a Mario.
"Chiama Alfred. Chiedigli perché mai dovremmo fidarci di quel pervertito".

Mickey guardò fuori dalla finestra, poi prese in mano il telefono.
"Sono io, Mickey. Senti Al, ma tu sei proprio sicuro che quel tipo, l'italiano, non ci metta nei guai?".
"Tu mi devi dei soldi!".
"Lo sai, avrai tutto fino all'ultimo centesimo. Sto solo dicendo che quel coglione lì non mi piace, ci farà beccare!".
"Sai una cosa, Mickey?" cambiò tono.
"Cosa?".
"Anch'io ho una fissa per certe donne, anche se sono della Pennsylvania".
Mickey in quell'istante, con la cornetta all'orecchio, guardò Mary Lou che intanto si stava sistemando lo smalto. Poi abbassò lo sguardo: «Fottiti!» e riattaccò.
La sera del 20 Agosto si trovarono lì, a Oakland, al Fentons Creamery. Mary Lou indossava un vestitino striminzito: sul suo seno scendevano gocce di sudore. Dopo aver parlato e finto l'intervista all'interno del locale, si ritrovarono tutti e tre fuori ad aspettare Alfred.
Mr. Outovsky ormai non smuoveva più lo sguardo da quelle tette. Anche lui sudava. Poi qualcosa lo fece insospettire, si voltò e beccò Mario che si dava da fare in cassa.
"FIGLI DI PUTTANA!" gridò. Tirò fuori una calibro 9 puntandola su Mary Lou.
Mickey alzò le mani e lo implorò di mollare l'arma. Lui non lo fece, continuò a tenerla puntata sulla donna. Tremava. Girò lo sguardo per un attimo: Mario se la stava dando a gambe.
Mr. Outovsky chiuse gli occhi e sparò. Mickey si gettò disperato su Mary Lou, ormai a terra e sanguinante. Alfred non arrivò mai.

L'IGNOBILE DESTINO DEGLI AMANTI

Yari Loiacono

L'insufficienza di luce li avvolgeva solenne in quella spirale monotona, il più delle volte ostacolando ogni loro contatto visivo: un supplizio infernale al quale si erano pressoché abituati. Nulla di nuovo per loro, solo un continuo purgatorio.

I loro piedi si trovavano affissi ad un'immensa circonferenza, la cui esistenza risaliva a miliardi di anni or sono, nessuno l'aveva vista crearsi, era sempre stata lì. I due erano collocati paralleli e a molti metri di distanza l'un l'altro, uno spazio che pareva infinito ai loro occhi stanchi di quella vita poco redditizia. Essi non erano autorizzati a toccarsi o anche solo sfiorarsi, per chissà quale strane leggi divine: si avvicinavano durante un solo momento della giornata, per poi allontanarsi e incontrarsi nuovamente molte ore dopo. Continuando in questo medesimo modo all'infinito, nel passare degli anni impensabili, che semplicemente scorrevano lenti attorno alle loro persone.

Il paesaggio che li circondava non esisteva, fluttuavano in un'atmosfera per nulla distinta e rantolavano il più delle volte nell'oscurità soffusa: raramente vi era un forte luce suprema, più che altro apparivano delle piccole sfere di luce riflessa. Erano un uomo e una donna, due sconosciuti all'inizio di tutto, ma che con il tempo capirono cosa erano l'un l'altra: degli amanti, nutrivano a vicenda una passione spropositata verso l'opposto luogo di appartenenza ed era così da tanto tempo. Non si erano mai lambiti fisicamente, non conoscevano il tatto della loro pallida pelle o tanto meno il dolce sapore delle loro labbra, ma ciò non importava. I loro occhi avevano sempre assistito alla bellezza altrui senza disdegnarla e, durante i loro lunghi dialoghi, avevano imparato a conoscersi a fondo.

Il loro amore vedeva un picco di sentimento nel mentre che si avvicinavano e ciò avveniva solamente due volte al giorno, eppure lo spostamento si effettuava geometrico. Mentre uno si avvicinava, l'altro si allontanava sempre di più, anche se più lentamente e in modo da collocarsi per qualche secondo affianco alla persona amata. Un amore apparentemente impossibile, neanche impensabile, eppure etereo, autentico, forte e mai illeso nello scorrere della clessidra ostile.

Il loro momento preferito della giornata era l'accostamento, o comunque il dislocamento, potevano vedersi negli occhi più vicini e senza troppi metri di distanza. Le loro menti non avevano mai cessato di pensare a quei desideri carnali di cui si vergognavano, speravano che un giorno quelle catene si sarebbero spezzate, lasciandoli la libertà meritata. Proprio come non smisero mai di osservarsi in tutte le loro sfumature fisiche e caratteriali, nei più impercettibili particolari della loro vulnerabile anima.
"Adoro i tuoi occhi celestiali, mi fai credere in un futuro migliore" disse galante l'uomo.
"Lo dici sempre. Questo non mi aiuta" borbottò lei "pensi che complimentandoti mi farai obliare la nostra attuale situazione, ma non è così. Ci penso ogni istante e non lo trovo giusto! Preferirei morire dopo averti dato anche solo un bacio, che vivere in eterno senza averti mai sfiorato".
"Lo stesso vale per me" concordò sorridente "dobbiamo essere pazienti, lo siamo da così tanto tempo, non ha senso smettere ora".
"Non possiamo fare altro, quindi non abbiamo altra scelta!".
"So bene quanto tu stia soffrendo, ti ricordo che anch'io sono nella tua pari condizione. Un giorno la nostra pena verrà ripagata" continuò a rassicurarla, come faceva durante qualsiasi giornata.

“Non posso stare serena! Non ci riesco! E lo sai il perché?” sbuffò afflitta da quel dolore diventato nocivo “quando regno sopra il cielo stellato, riesco solo a vedere le persone coccolarsi fra le calde lenzuola in un inverno mite, le vedo divertirsi ogni notte sempre di più, gioire delle proprie vite e spesso darle addirittura per scontato. Tradiscono, umiliano, si ammazzano sottraendosi ciò che di più caro hanno, e noi? Spiegami perché non possiamo palparci o stare vicini? Quando mi sarà concesso di accarezzare i tuoi corposi capelli dorati e poter osservare da vicino i tuoi occhi vitrei? Dovrò aspettare l’eternità per baciare le tua labbra carnose che mi invitano ogni giorno? Non sai quant’è arduo rifiutarle categoricamente! Ne ho abbastanza di tutto questo, ma sai cosa? Non posso, anzi possiamo, farci nulla. Questo è il nostro destino oramai, e se inizialmente credevo che avrebbe avuto una breve durata questa nostra posizione. Ora so per certo che non è mai stata inclusa in questa tortura, è sempre stata destinata a durare fino alla fine dei tempi”.
“Quel che dici è vero. Non posso negarlo, sarei uno sciocco” si rassegnò cosciente delle parole dell’amante “non riesco a comprendere il motivo per il quale ogni persona esistente possa correre, giocare e divertirsi ignari della loro benedetta fortuna alla vita. Godono dei miei raggi limpidi inconsapevoli della mia continua fitta e non comprendono quanto sono fortunati a poterli beneficiare con la persona che amano. Hanno il mondo fra le mani e non riescono a sfruttarlo”.
“Che senso ha quindi?” chiese scoppiando a piangere “se anche tu lo riconosci, dimmi il perché. Come mai loro hanno il diritto di vivere, anche se non se lo meriterebbero, e non noi, che lo bramiamo dalle origini? Cosa Abbiamo di così tanto diverso?”.
“Siamo due esempi, dei pilastri fondamentali per la vita di tutti” rispose sincero. “A qualcuno doveva capitare, se non eravamo noi due lo sarebbero stati altri malcapitati. Però pensaci: ogni artista ha

avuto ispirazione ammirando i tuoi bagliori tenui sullo specchio del mare, proprio come hanno usato la mia luce per produrre l'eternità concreta, le loro impassibili opere d'arte. Diamo il motivo a qualcuno per svegliarsi o addormentarsi, anche uno sfogo durante i loro momenti di tranquillità. Ci apprezzano mentre ci ammirano ammaliati nella loro solitudine, diamo loro uno spunto, siamo le loro muse! Questo non ti basta? Godiamo dell'eterna giovinezza, anche se abbiamo dei paletti invalicabili, non credi che possa essere a sufficienza?".
" Non lo so" mormorò asciugandosi il viso.
"Forse è meglio così".
"Che cosa?".
"Che il nostro amore rimanga incompiuto, una fiamma accesa e mai destinata a spegnersi nel corso del tempo" replicò guardandosi intorno appagato "ci desidereremo per sempre e questa nostra passione non avrà mai fine, anzi aumenterà sempre di più. Il nostro grande sentimento non si compirà fisicamente, ma nella nostra mente quante volte abbiamo fatto l'amore in un fiume di sudore? Al lume delle tue amate stelle e al calore che circonda".
"Non hai idea di quante notti ho sperato di sentire lo spessore della tua pelle mentre dormivi sereno, quanti baci avrei voluto regalarti se solo ci fosse stata concessa l'opportunità" disse amareggiata, eppure consapevole della verità che le era stata detta.

In quel momento iniziarono a girare, la circonferenza si muoveva e di conseguenza anche loro. Si avvicinarono pian piano e qualche centimetro di troppo impedì, come sempre, ogni contatto. Tesero le proprie braccia propense ad affermarsi, anche se già sapevano l'esito negativo, che così fu.

La luce si spense lentamente, trasformando quel posto già lugubre di suo ancor più tenebroso. Il buio regnava sovrano, e impedì ai due innamorati di vedersi ancora, ancora e ancora.

L'INCORONAZIONE

Andrea Verrocchio

9 Frimaio anno XIII
(30 Dicembre 1804)

Napoleone e Josephine Beauharnais erano nella loro lussuosa residenza. Il futuro Imperatore era in estasi. Tra soli tre giorni sarebbe stato incoronato nella Cattedrale di Notre-Dame. Tutti i suoi servitori erano in subbuglio e il sarto del palazzo lavorava da mesi al completo che avrebbe dovuto indossare per la cerimonia.
Per molto tempo era stato costretto a interrompere il lavoro per riuscire a reperire i rarissimi tessuti che Napoleone voleva.
Il vestito non solo doveva essere bello, ma anche originale e di ottima qualità. L'Imperatore era alto un metro e sessantotto centimetri, corporatura esile, carnagione chiara, tanto da sembrare malaticcio ed aveva la strana abitudine di non pettinarsi i capelli. Si riteneva valoroso e un ottimo generale ma non aveva stima di sé come uomo. Nonostante il suo fu un matrimonio di interessi, si innamorò con il passare del tempo perdutamente di sua moglie Josephine.

Era anche per questo motivo che pretendeva un abito sfarzoso e di lusso. Da circa 48 ore il couturier usciva dal suo laboratorio solo per lo stretto necessario perché adesso mancava pochissimo e, per fortuna, doveva solamente unire tutte le varie parti. L'abito consisteva in una lunga tunica bianca di satin decorata d'oro e un mantello. Uno dei particolari preferiti di Napoleone erano le api d'oro ricamare su di esso, un manto di velluto rosso bordato di ermellino. Le api dorate erano il simbolo della casa dei Merovingi, i detentori del potere prima dell'arrivo dei Borboni.

Con questo particolarc Napolcone voleva distinguersi dagli altri sovrani, non si considerava discendente di nessuno, era lui e basta, e per dimostrare che il suo potere non aveva eguali.
Il sarto lo aveva avvertito che il mantello sarebbe stato molto pesante, ma Napoleone non avrebbe mai immaginato che potesse pesare ben otto chili. Il vestito di Josephine invece era già pronto, lo avevano comprato da uno dei sarti migliori della città, un abito altrettanto lussuoso, stile impero, e anche lei avrebbe avuto un mantello.
Anche questo di velluto rosso con le api d'oro ricamare bordato di ermellino. Il marito entrò nella stanza della consorte.
Era intenta con le sorelle di Napoleone a simulare come avrebbero dovuto sollevare la coda del pesante abito per non farlo sporcare a terra.

Napoleone da giorni stava preparando il discorso che avrebbe tenuto, una volta incoronato, davanti a tutto il popolo francese. Sarebbe stato in quel momento che le persone avrebbero confermato o ribaltato il proprio giudizio sul nuovo re di Francia. Sapeva che, se le sue parole non avessero colpito la folla, rischiava anche la morte, perché lui era stato l'unico abbastanza coraggioso da attuare un colpo di stato e mettersi a capo del governo dopo la Rivoluzione Francese.
L'Imperatore, che doveva ufficializzare in Cattedrale il suo titolo, si stava sedendo per rilassarsi un po', ma subito arrivò l'uomo con l'abito. Chiese a Napoleone di andare in camerino per provarlo.

Una volta uscito diede gli ultimi ritocchi alle spalle e, orgoglioso del suo lavoro, affermò che era perfetto.
Trascinò lo specchio affinché il futuro re potesse guardarsi.

Rimase sbalordito, ammirando la sua immagine riflessa e diede una mancia molto consistente al couturier, che intascò subito il denaro e ringraziò. Si cambiò e si recò allo scrittoio per ultimare il discorso, che tuttavia non lo soddisfava ancora.

Il giorno seguente Josephine appena vide il marito gli chiese se aveva concluso di scrivere, lui rispose che ci stava ancora lavorando, ma la rassicurò che anche il Papa sarebbe caduto ai suoi piedi. In realtà non aveva la più pallida idea di cosa scrivere poi, di colpo, pensò che forse sarebbe stato meglio essere spontaneo e citare sul momento le parole che gli venivano, anche se era parecchio rischioso.
Ma aveva in serbo una sorpresa per tutti.

Napoleone e la moglie si stavano dirigendo verso la Cattedrale di Notre-Dame. Aveva scelto la Cattedrale di Parigi invece di quella di Reims, dove erano stati incoronati tutti i re francesi.
Erano sul ponte che passava sopra la Senna.
Attorno alla Cattedrale, c'era una folla di gente che a malapena entrava nella piazza. Le porte erano chiuse, per non far entrare il freddo, era una giornata gelida. Appena arrivarono, a una decina di metri dal portone, degli uomini che li avevano accompagnati li fecero entrare.
Dentro trovarono seduti alle panche i più alti rappresentanti della borghesia e della nobiltà francese e, davanti a tutti, Papa Pio VII.
Permise al Papa di presenziare, ma solo per impartire una benedizione finale. Quando la coppia reale varcò la porta, tutti si alzarono e applaudirono. Anche all'interno della Cattedrale faceva molto freddo.

Napoleone si incamminò per la navata centrale e Josephine si sedette su una panca in prima fila riservata esclusivamente a lei. Colui che a breve sarebbe diventato il nuovo re di Francia si mise davanti al trono e aspettando che il Papa si avvicinasse con la corona in mano, sentì il più alto ufficiale dell'esercito dire "Triplice gloria al triplice augusto Imperatore Napoleone che è stato incoronato e intronizzato".

Proprio in quel momento, quando Pio VII stava per mettere la corona sulla testa del neo Imperatore, lui gliela strappò dalle mani e si cinse la testa da solo. Tutti i presenti rimasero allibiti, qualcuno si alzò indignato e stupito, ma subito si risiedette.
Si levò un mormorio generale che
attraversava l'intera Cattedrale. Tra stupore,
meraviglia e titubanza la cerimonia
proseguì.
Il Papa, ormai oscurato dal gesto di Napoleone, restò in disparte ad ascoltarlo
"Mi proclamerò Imperatore dei Francesi, perché questa nazione possa rinascere. Vi dico di aver passato periodi bui con la Rivoluzione, ed essendo io figlio di essa, mi impegnerò affinché un evento del genere non si ripeta per il malcontento della popolazione. Per essere un re si devono ereditare vecchie idee e genealogie. Io non voglio discendere da alcuno ".
Detto questo si sedette, senza mostrare alcun interesse per Pio VII, al quale diede le spalle.

Napoleone intendeva semplicemente simbolizzare che stava divenendo Imperatore sulla base dei suoi meriti e per volontà del suo popolo e non per consacrazione religiosa, mentre per i diffamatori il gesto di aver strappato la corona dalle mani del Papa era solo un atto pieno di incredibile arroganza.

Tuttavia sua Santità non sollevò obiezioni quando Napoleone giorni prima gli disse che si sarebbe posto la corona sul capo da solo.
Subito dopo incoronò sua moglie Josephine, in ginocchio, con una corona minore. In seguito l'Imperatore distribuì gli stendardi imperiali a ciascuno dei suoi reggimenti.

La cerimonia fu lunghissima, durò oltre cinque ore, alla fine della quale oltre la metà dei partecipanti fu costretta a cure e a mettersi a letto per sopravvenute complicanze respiratorie in quanto faceva freddissimo e tutti erano vestiti piuttosto leggeri. Il costo della cerimonia fu di circa otto milioni e mezzo di Franchi, una cerimonia sfarzosa, moderna e rivoluzionaria che non rispecchiava i canoni dell'epoca, come d'altronde moderno e rivoluzionario fu il grande Imperatore.

EUTANASIA DI UN SENTIMENTO

Filippo Ratta

Se tutta questa follia fosse un film, la telecamera di un drone introdurrebbe la scena con una lunga carrellata panoramica dall'alto.
Inquadrerebbe il lungo viale alberato in cui mi trovo, i palazzi che mi circondano accarezzati dal verde, poi scenderebbe lentamente a sorprendere il mio viso ansioso mentre cerco il cognome per suonare.
Ma qui non è Hollywood, come canterebbero i Negrita.
E questo non è un film.
Mentre le luci del tramonto colorano la sera, controllo nervosamente l'ora, stretto nel mio doppiopetto blu e attendo una risposta.
Che finalmente arriva.
"Secondo piano, interno otto. Sali".
La voce è calda, accogliente, sensuale.
Salgo le scale di corsa.
La porta è socchiusa.
"Entra".
La intravedo e resto senza fiato.
"Sono pronta" annuncia poco dopo e me la ritrovo davanti, all'improvviso.
È bellissima, nel suo soprabito nero.
E quegli orecchini che incorniciano un ovale di madreperla, anticipando una cascata di capelli color miele.
Mi studia, curiosa.
"Ti immaginavo diverso" sentenzia.
"Anch'io ti immaginavo diversa. Non mi aspettavo fossi così bella".

Sorride e arrossisce.
È uno schianto.
“Vogliamo andare?”dice, prendendomi sottobraccio.
“Certo. Ti porto nel ristorante più bello della riviera”.
Gli smeraldi che ha al posto degli occhi mi osservano arguti, guizzanti.
“Ci sto”.
È fatta.
Si va.
Percorro strade sconosciute come fossero il palmo della mia mano.
Mi sento a mio agio nell’oscurità.
In meno di un attimo siamo arrivati.
Il posto è fantastico.
Giochi di acqua da un’immensa fontana ci accolgono e ci introducono in un modo esclusivo.
Il maitre ci accompagna con cura al tavolo.
Una romantica atmosfera ci avvolge, carica di promesse e complici intenzioni.
Lei si toglie il soprabito svelando un abitino nero che le sta d’incanto.
Ordiniamo chardonnay riserva maturato in barrique e una tartare di ricciola in salsa di mango, per cominciare.
Dio solo sa quanto io odi il pesce ma ho una sensazione.
Accanto a lei, ogni cosa sarà ottima stasera.
Mille violini suonano apposta per noi, nella mia mente.
“A cosa pensi?” domanda.
Non posso nasconderle niente.
“Penso che è tutto così strano, surreale… una bella ragazza come te…”.
Mi zittisce posandomi un dito affusolato sulle labbra.
“Godiamoci la serata”.
Il pesce e i crostacei effettivamente sono ottimi, ma è la sua

compagnia a rendere tutto eccezionale.
Chissà a quanti uomini ha fatto girare la testa.
Magari senza nemmeno rendersene conto.
Parliamo di qualsiasi cosa e sono rapito dal suo sorriso magnetico, dalla sua abilità di conversazione, da ogni suo gesto.
Repentino, un velo di tristezza appare nei suoi occhi.
"Da quanto fai questo lavoro?" mi chiede a bruciapelo.
"Da troppo tempo" le rispondo svogliatamente.
Non demorde.
"E… ti piace?"
"Per niente" replico con sincerità "ma ormai è tardi per tornare indietro. Non posso più scappare".
Poi, come per magia, la tristezza svanisce e la serata continua, sui binari di una poetica allegria.
Passerei ore, giorni, mesi, seduto qui con lei.
Ma il tempo vola.
Si sa, tutto ha una fine.
Anche le cose belle, sono destinate a terminare.
Saldo il conto e usciamo, mano nella mano.
E dopo qualche passo, coccolati dalla luna, con un guizzo felino balza davanti a me.
"Portami in spiaggia, ti prego" supplica con voce da bambina.
Come posso resistere a tale richiamo?
Acconsento e in un attimo siamo sulla riva.
Scrutiamo l'orizzonte avvinghiati l'uno nelle braccia dell'altro.
Le stelle sembrano cullare i nostri desideri.
Una lacrima scende a bagnarle il volto.
La asciugo con un tenero bacio.
Lo sciabordio delle onde è la nostra colonna sonora, in questa strana, pazza notte.
Le nostre labbra si uniscono per un tempo infinito.
Poi lei alza il viso, di scatto.

Lo accarezzo e sembra seta sotto le mie dita.
Restiamo così, a scrutarci, in un lampo di sconfinata emozione.
"Portami a casa" sussurra.
Ancora una volta non posso esimermi dall'assecondare la sua richiesta.
Ritrovo le scale, non più sconosciute, e la porta che si apre, maliziosa.
"Se fosse un normale primo appuntamento, sarebbe audace chiederti di entrare" scherza rivelando dolci fossette ai lati del viso.
La seguo e per un secondo, lei scompare.
Torna con in mano una bottiglia di champagne ghiacciato.
Avremmo già bevuto a sufficienza ma non importa.
Mi porge un flute colmo.
Aspetto che la spuma densa, pian piano svanisca, e lo sorseggio con poca convinzione.
Di colpo, tutto ha un cattivo sapore.
Mi chiedo per quale motivo io abbia accettato.
"Sono pronta" annuncia, togliendosi le scarpe.
La prendo delicatamente in braccio e ci ritroviamo in camera sua.
La poso lentamente sul letto e non mi viene in mente altro da chiederle se non un banale *sei sicura?*.
Tace per qualche minuto, assorta nelle sue riflessioni e mi risponde.
"Sì. È il momento. Fammi solo fare una breve telefonata".
Prende in mano il telefono e dopo qualche minuto mi comunica:
"Il resto dei soldi sarà sul tuo conto domani mattina, guarda".
Ma fermo la sua mano.
"I soldi non sono più importanti. Sei davvero sicura?".
"Meglio così che in una clinica attaccata a milioni di tubi infiniti.
E la chemio poi, no, non potrei sopportarla. Il mio destino è segnato".

Un gelido silenzio pervade la stanza e le mie ossa.
Non so più che dire.
"I patti erano chiari quando ti ho ingaggiato" prosegue.
"Baciami, ti prego. Tienimi stretta".
La bacio dolcemente e la abbraccio.
L'ultimo contatto fra di noi che ci legherà per sempre.
Uniamo le nostre solitudini in un piccolo spazio di eternità.
La pistola con silenziatore mi sembra imprevedibilmente troppo pesante, ma nel mio lavoro non sono ammesse esitazioni.
Il rumore secco ed attutito dello sparo ci sorprende.
Sobbalza tra le mie braccia, mentre continuo a tenerla stretta.
Sento la vita che, lentamente se ne va.
La appoggio nuovamente al letto, con delicatezza, mentre un piccolo fiore rosso le si disegna sul petto, nel punto esatto della detonazione.
Le chiudo lentamente gli occhi.
Ora sembra un angelo.
Non mi resta altro da fare che pulire le mie impronte.
Un altro contratto portato a termine, anche se questa volta avrei preferito disertare.
Ma il mio animo è nero e nessuno, ormai, mi può salvare.
Domani sarò forse un po' più ricco, ma il mondo e il mio cuore avranno smarrito una bella persona.

LA CHIROMANTE

Gioia Scaggiante

La stanza era buia e angusta… mi sembrava di essere lì dentro da tantissimo tempo, non riuscivo a ricordare da quanto… un forte odore di sigarette e fumo stantio impregnava quei cinque metri quadri… mi sentivo un animale in gabbia e avevo i conati per via degli odori che aleggiavano nell'aria… riuscivo a riconoscere un aroma di caffè istantaneo, mescolato a sudore e aria viziata… mi ricordava l'odore di certi studi medici di quando ero bambina, quando ancora era permesso al medico di fumare dentro… stavo per alzarmi e prendere di nuovo la porta da cui ero entrata, solidamente chiusa alle mie spalle, quando una voce mi fermò.

"Vieni" disse. Non potei fare a meno di obbedire… c'era magia in quella voce, era soave e melodiosa, risvegliava in me il ricordo di un'armonia perduta, ascoltata nel passato e memorizzata in qualche anfratto della mia coscienza; suonava dolce come il miele che gocciola sulla lingua da un cucchiaio… si appiccicava addosso e ti faceva venire voglia di ascoltarne ancora.

Mi mossi nella direzione della voce… c'era una porta da cui trapelava un filo di luce… mi sentivo ipnotizzata… la mia parte razionale continuava a chiedersi cosa diavolo facessi lì dentro, eppure il mio cervello non riusciva ad ordinare al resto del corpo di andarsene.

Varcai la soglia; il buio da cui provenivo venne ingoiato dalla luce delle candele nella stanza… tutto era tremolio di ombre e odore di bastoncini d'incenso… le forme sfumavano e si contorcevano tra loro, ma quella distorsione mi trasmetteva una grande serenità…

mi sentivo in un Nirvana che difficilmente avrebbe potuto essere spezzato; non sentivo influenze esterne, non percepivo più gli odori nauseabondi di poco prima… ora tutto era pacato chiarore, mi sentivo una lucciola fluttuante sopra ombre rassicuranti.

"Siediti lì" mi disse; aspettò che mi accomodassi sulla vecchia sedia in vimini che mi aveva indicato e mi sorrise; un sorriso universale, rassicurante e puro; tutte le mie certezze razionali vennero meno, mi affidai completamente a quel sorriso.

Prese la mia mano sinistra nella sua; era calda e callosa, sembrava una foglia di tabacco essiccata al sole eppure racchiudeva in sé la forza del granito; chiusi gli occhi per scolpire nella mia mente la sensazione lasciata da quel tocco… le sue dita sul palmo della mia mano erano come brezza tra le foglie di primavera, mi accarezzavano con delicatezza lasciandomi una sensazione di solletico appena percettibile; mi sarebbe piaciuto esercitasse una pressione più forte, che tracciasse linee definite e non solo abbozzate, volevo che quella mano calda trasferisse tutto il suo tepore alla mia, ma quei pensieri furono nuovamente interrotti dalla sua voce: "Sto attraversando le tue linee, loro mi parlano di te". L'emozione mi sopraffece, volevo sapere cos'altro avrebbe potuto dire, ero ansiosa, il respiro corto; la sua mano ruvida procedeva di nuovo sul mio palmo, seguiva la mia linea della vita e poi si arrestava su quella della fortuna, mi parlava di cosa significassero; mi diceva che la sorte poteva essere avversa, che in me le due linee erano sovrapposte e quindi non avrei potuto oppormi a quanto mi sarebbe accaduto; che tutto ciò che sentivo e percepivo in quel momento, era solo una parte del mio prossimo futuro.

Le sue parole fluivano quiete e serene, esercitando su di me un potere persuasivo enorme… la sua voce calda e monotona, la mano rassicurante, le ombre intorno a noi… tutto mi faceva sentire leggera, quasi onirica e distante dalla vecchia me, distante dal mio corpo… fu proprio in quel momento, immersa nel senso di benessere e calore che i miei occhi si spalancarono di nuovo; ora tutto era illuminato, le ombre di prima si erano dipanate, potevo distinguere ogni cosa… l'asfalto rugoso, il cofano dell'auto sfondato e la sagoma del mio corpo disegnata su quell'asfalto… la mia mano era ancora stretta a quella della chiromante, ma la sua voce non arrivava più alle mie orecchie, era diventata parte di me… era un suono, trasportato dal vento, che poteva contenermi tutta… erano tutti miei ricordi, accumulati fino ad allora, che si scioglievano a poco a poco nel mio nuovo stato di non essere…

VERDESANTO

Maria Bochicchio

"Se cominciassimo dalle parole, sarebbe tutto più semplice. Se cominciassimo per davvero intendo, *verdesanto* diventerebbe una di quelle parole da dire continuamente".
"Che vuole dire?".
"Che non so se ho la profondità necessaria a raccontare questa storia, ma già il fatto di essere qui, ora, assomiglia a qualcosa di cui abbiamo fatto esperienza".
"Tipo la terapia?".
"Tipo lo *takotsubo*. Ha presente? Il cesto per la cattura dei polpi".
"Temo di non riuscire a seguirla".
"Il colore del giorno in cui perdi tutto e non vedi più niente. E tiri. Tiri forte. Ma a rimanere è solo la consapevolezza di quello che sei sempre stata".
"Una non vedente?".
"Un *darshan"*.

La donna che mi stava seduta di fronte non capiva, era evidente. Lo intuivo da come scrollava la biro mentre si affannava a prendere appunti su un taccuino veramente troppo ridicolo, perché ci entrasse l'importanza di quello che le andavo dicendo. La verità è che sono sempre stata cieca, ma mia madre non lo ha mai ritenuto possibile.
Mia madre.
È stata lei a insistere perché venissi da questa specie di *strizzacervelli,* dalle gambe troppo magre per riuscire bene nel proprio intento.
"Mia figlia non è più cieca, dottoressa" aveva ribadito quindi con gelida fermezza, prima di richiudersi la porta alle spalle e parcheggiarmi, senza troppi giri di parole, in mezzo a una pila di

libri e altri strani oggetti dalle sembianze metalliche.
"Mi creda, non sono pazza" gracchiai, nel tentativo di riprendermi dopo l'infelice uscita di mia madre. Un fastidioso ticchettio che rimbombava tutt'attorno.
"Ma certo, le credo. Ciò che mi sfugge però, è la motivazione".
"Troppo dolore".
Almeno così le avevano riferito gli altri. I *professori,* come li chiamava la madre.
"Intendo dire che non mi è chiaro perché proprio sua madre dovrebbe rifiutarsi di crederle" si spiegò meglio la donna, grattandosi un polpaccio talmente ossuto da farmi venire in mente quei paradossali stecchini per il Mikado.
Chissà con quale delicatezza raccoglieva ogni mattina quelle gambe pensai, per districarsi tra le vite degli altri.
"Timore, suppongo".
Che altro poteva essere?

Una mattina mi ero alzata prima del previsto, avevo strisciato fino alla camera da letto di mia madre e l'avevo supplicata. La voce rotta dal pianto.
"E se cominciassimo dalle parole?" le avevo proposto, rimanendo immobile sulla soglia. La paura di essere arrivata troppo tardi.
"Che vuoi dire?" aveva chiesto di rimando lei, vagamente perplessa.
Non se l'aspettava, una richiesta simile.
"Dalle parole" dissi. "Tipo *pregare* o *percorrere*. Non so, qualcuna che enfatizzi bene l'assurdità della 'erre'".
"È questo che ti sei messa in testa?" volle sapere, dubbiosa. "Credi veramente che basti?".
"Non lo so, se basta. So solo che mi piacerebbe provarci, una volta".
"Fa come credi, tanto non servirà".

Invece io mi ero proprio intestardita. Lo volevo con tutte le forze. Come quando versi del latte in una tazza, ma dentro al contenitore ne rimane sempre una goccia. Del resto è così che funziona, la fede.
"E allora?".
"E allora non lo so. Comincia tu" replicò mia madre, un tantino scioccata forse.
"Allora, vediamo... io dico...Sì, ecco... Io dico *verdesanto*".
"*Eh?*".
"Dai, mamma! Concentrati" le urlai addosso, piena di frustrazione.
"Ma non capisci? È quello che rimane del buio, prima di sprofondare" dissi poi semplicemente, senza sapere bene cos'altro aggiungere. O se ne valesse davvero la pena.

Sua madre prese a studiarla con studiata compassione. Erano molte le cose che non capiva a proposito della figlia. Perché si accaniva a negare la realtà, per esempio. O perché la tormentava con quella storia delle parole. Non era mai stata brava con le parole, lo sapeva. L'incidente poi, aveva stravolto ogni cosa. Ogni prospettiva.
"Angoscia" sussurrò piano andandole incontro, senza nemmeno sapere il perché.
"*Angoscia?* Ma non c'è la 'erre'".
"Figlia mia, il mondo non è uguale per tutti. Io lo osservo da una finestra spalancata sul mondo, tu standо dietro una porta sbarrata. Non è la stessa cosa, non credi?".
"Beh, se cominciassimo dalle parole forse capiresti".
"Credimi, so già tutto ciò che c'è da sapere" ribadì a quel punto la madre, alzando la voce.
"No mamma, dico davvero. Se cominciassimo dalle parole, forse vedresti esattamente quello che vedo io. E forse chissà, la finiresti di andare in frantumi ogni volta che ti guardo".

Per come la pensavo io, ogni mattina era l'esatta metà di un'interruzione. E del coraggio. Se non fossimo coraggiosi, non ci sveglieremmo ogni santo giorno con la consapevolezza di voler provare. A vivere, intendo.
"Penso che ci voglia molta ambizione per arrischiarci ad alzarci dal letto, la mattina" dichiarò la dottoressa De Waele, interrompendo quel triste flusso di ricordi.
Le guardai le gambe addossate contro la poltrona, e pensai che forse aveva capito.
"Infatti. Però io ho le parole. Che me ne faccio della vista, quando dentro di me ho tutte le parole che mi servono?". Quelle del Vangelo, tanto per cominciare.
"Quindi secondo lei, sarebbe questo il motivo?" le chiese la dottoressa, senza spostare di un millimetro le gambe inguainate in una gonna troppo stretta, per quella sorta di stazza da pugile a riposo. Ma non capivo se alludesse alla mia cecità o alle missioni di strada in cui ero impegnata, come se le due cose potessero scindersi in qualche modo.
"Certo che è questo. Cosa crede?" risposi, senza esitazione. Pensava che non conoscessi a sufficienza mia madre? O che fossi incapace di riconoscere lo sconforto, quando ce l'avevo davanti?
"Dietro è il posto in cui siamo stati tutti. Dove, nostro malgrado, rimaniamo per tutta la vita" dichiarai infine, imponendomi di non cedere all'emotività.
Sua madre non capiva, o faceva finta. Che dietro è la parte più vera, e che in fondo al buio si nasconde sempre una luce.
Forse aveva davvero paura di rompersi. O di perdersi. Non ne avevo idea, sapevo solo che dal giorno dell'incidente si sentiva in colpa nei miei confronti. Come se fosse successo a causa sua. Invece i dottori mi avevano diagnosticato una cardiomiopatia da stress. Un *fortissimo stress*. Ma mia madre non c'entrava, ne ero

certa.
"La 'sindrome del cuore infranto', dico bene?" chiese senza scomporsi la dottoressa, continuando a prendere appunti. Le gambe, forse, un po' stanche adesso che erano trascorse due ore. Ebbi l'accortezza di non sfiorarle e mi limitai ad annuire, non aveva senso parlarne.
Dal giorno dell'incidente la mia vita era cambiata per sempre e beh, non è facile parlare quando ti ritrovi sbalzata fuori dai binari così, all'improvviso.
Mia madre lo negava, ma erano stati proprio loro a tirarmi fuori dal baratro: tossicomani, schiave del sesso, alcolisti. Rifiuti della società. Tutta quella solitudine: una disperazione senza fine. Eppure non ero stata minimamente in grado di vederla, *prima.* Prima che il mio cuore cadesse in trappola: ecco perché mi sembrava di essere ancora cieca, a volte.
"*Takotsubo,* che le dicevo?".
"Il suo passato c'entra qualcosa, allora?".
"Credo, piuttosto, che c'entri il mio presente. Io voglio stare con *loro*, in quel buio" sentenziai, infine.
"Ma perché?".
Perché lo conoscevo, l'avevo sconfitto una volta e potevo farlo ancora.
"Perché preferisco restare dove non si tocca" risposi, invece. "È questo che fa un *darshan,* vede con il cuore. Dopotutto, *verdesanto,* non è solo una parola". Ma il dono di vedere che chi sembrava finito, poteva essere ancora salvato.
E lei, questo, lo sapeva meglio di chiunque altro.

CODICE 321

Marco Anselmi

"Il futuro riposa sulle ginocchia degli dei"

[Omero]

Il vento gli aveva segnato il viso, come i rimorsi ed il rancore: egli era il Giudice e quando la mente andava in frantumi, era solito ritirarsi su quella rupe.

Arrivarono due Laps col prigioniero, bastò uno sguardo per segnare la sua fine.

L'esecuzione fu breve, ma non si può dire indolore: fu condannato alla disgregazione atomica ed in pochi secondi non rimase che il ricordo del suo tatuaggio, un cavallo con all'interno il numero 321.

"Noi cerchiamo il Codice" sentenziò il Giudice, ma i poveri Laps erano troppo impauriti dalla sua presenza per comprendere anche una sola parola e così se ne andarono via strisciando, mentre il loro padrone li guardava come se avesse risparmiato due vite.

Il Giudice sentiva di non aver nessuno a cui poter confidare i propri pensieri e così si era costruito un labirinto di solitudine mentale; troppo astuto, troppo intelligente, poteva solo decifrare il Codice per connettersi con l'Entità, l'unico essere giudicato al suo livello.

Il prigioniero aveva il solito tatuaggio della CyberSetta, ma non rivelò nulla che potesse aiutare il Giudice nella sua ricerca: un simbolo ed un numero, niente di più.

Da lì ad incendiare il villaggio il passo fu breve: le urla dei droidi in fiamme furono musica per il Giudice, che provava un piacere perverso nella sofferenza degli innocenti; finita l'ebbrezza della devastazione, si ritrovò con il solito pugno di cenere e rimorsi, per cui la rupe sembrò l'unico rimedio.

Da lassù il vuoto lo chiamò come un vecchio amico: forse il Codice si sarebbe rivelato in volo, prima dell'anelato schianto.

Mentre si sporse per abbracciare ciò che credeva il suo destino, vide una grotta in un antro nascosto della roccia; d'improvviso si fermò, chiamò i due Laps e si fece portare a bordo di una Monway all'interno della grotta.

"Ti stavo aspettando" disse la creatura adagiata sulle foglie di un Hypertree "Sei qui per il codice, Giudice".

Un ghigno ed un brivido assassino pervasero il corpo del Giudice, ma per la prima volta intuì di avere a che fare con un essere degno della sua attenzione. "Se non sei ancora morto è solo perché oggi mi sono già sporcato le mani, mostra rispetto per il Giudice"

La creatura emanava una luce che sembrava alimentare tutto ciò che era presente all'interno della grotta: l'HyperTree, i TecnoLumi e quella strana sostanza verde che assomigliava ad un prato in piena primavera.

"Se vuoi comprendere l'essenza del Codice e connetterti con l'Entità, credo che TU debba mostrare rispetto per Goromir".

Il Giudice abbassò la PistolaDelNulla ed intimò di fare lo stesso ai suoi Laps: la tensione calò di colpo e l'atteggiamento divenne più simile a quello di un bambino che, dopo aver fatto arrabbiare i genitori, cerca di comprendere la lezione.

"Che posso fare per decifrare il Codice, grande Goromir? Che significa 321?"

La creatura emanò una luce accecante, segno che stava per rivelare una verità connessa con l'Entità: il Giudice dovette abbassare il capo, non poteva sopportare la vista di tanta luminosità.

"Tre sono le paure che dovrai superare, due le mani che dovrai usare ed una è la connessione che dovrai creare"

"Tutto qui?" tuonò il Giudice "Queste non sono che vuote parole di una creatura rimasta troppo tempo rinchiusa in una grotta, non mi connetteranno mai con l'Entità!".

Gli occhi del Giudice si infuocarono di rabbia ed i due Laps sapevano cosa ciò volesse dire: qualcuno sarebbe passato a miglior vita. Fuggirono a gambe levate, ma non riuscirono mai a raccontare quanto accaduto nella grotta: furono polverizzati da un colpo di PistolaDelNulla e sparirono nell'oblio perpetuo, due inutili parentesi dimenticate nel Regno degli Arconti.

Il Giudice si accorse subito di ciò che aveva fatto, erano infatti i suoi due Laps più fidati. Pianse amaramente per aver perso il suo amato controllo e per la prima volta si sentì inerme, governato da qualcosa di più grande, persino di lui.

Le lacrime bagnarono il manto verde ed i TecnoLumi divennero ancora più incandescenti: fu il segnale che l'iniziazione era cominciata.

"Hai bruciato il tuo cuore nel fuoco della sofferenza e del dolore, ora puoi comprendere il mistero" La voce di Goromir fu come una sentenza per il Giudice.

"Quando eri sulla rupe hai superato la paura della morte, abbracciando il gorgo che tutto inghiotte e poco fa hai vinto la paura di perdere il controllo, comprendendo che siamo solo pedinc in mano all'Entità. Hai finalmente distrutto il tuo ego di Giudice"

Il prato incorporeo prese forma, diventando una veste per il Giudice che fu ricoperto completamente da quella sostanza, densa come un abbraccio e calda come la carezza di una madre; sentì le sue mani infuocarsi come tizzoni ardenti e, chiudendo gli occhi, si divertì a disegnare con esse dei cerchi di luce: gli sembrava di poter finalmente accarezzare l'Entità; il respiro si calmò e per la prima volta la mente danzò al ritmo del cuore.

Tutto era pace, tutto era presente, tutto era Uno.

Colui che una volta era il Giudice sperimentò la pienezza del Nulla, l'immobile espansione della coscienza ai confini del Cosmo.

Goromir interruppe questa magia attraverso la sua voce: ora proveniva da un unico grande occhio al centro della fronte ed era calma, piena di compassione.

"Hai lasciato andare la corazza del Giudice, diventando Nessuno; hai abbracciato il nulla, distrutto tutto ciò che credevi di essere, ma adesso ti attende la parte più difficile del tuo cammino. Dovrai infatti vincere la più grande delle paure, quella di scoprire il vero io e per questo intraprenderai un lungo viaggio, difendendoti dai pericoli con le armi che da sempre ti hanno contraddistinto: l'intelligenza e la sete per la conoscenza"

Appena terminate queste parole, Goromir svanì nel nulla e non ci fu neanche il tempo di un saluto.

Così, colui che una volta era il Giudice, se ne andò frastornato dalla grotta.

Appena uscito fuori fu inebriato da un fortissimo profumo di lavanda, mirto, ginepro e rosmarino: la sua terra, un tempo arida e senza valore, ora gli apparve chiara nel sole.

In lontananza vide arrivare dei soldati.

Vestiti di semplici tuniche, cavalcavano dei magnifici destrieri; nessun segno di tecnologia: le Monway e le PistoleDelNulla erano solo un ricordo sbiadito.

"Padrone" urlarono da distante "che gioia vedervi vivo, pensavamo fosse morto in quella rupe!"

Tornò a casa, baciò la sua amata e si mise sulle spalle suo figlio, mentre il cane, compagno di mille avventure, faceva con la coda ciò che gli umani compiono con gli abbracci; finalmente sentiva di aver trovato la pace in tutto ciò che aveva sempre dato per scontato, ma era consapevole che l'attendeva un'ultima, lunghissima, avventura.

Anche se ad Itaca adesso tutti lo chiamavano Ulisse, in cuor suo lui sapeva di essere ancora Nessuno.

DI MAMMA CE N'È UNA. SOLA.

Patrizia Birtolo

Bambini, rientrate in casa: sarà meglio. Tienili più che puoi in disparte, lontani dalla madre così esasperata. Mi sono accorta che li guardava in modo torvo, pronta a chissà cosa. E l'ira non le sbollirà, lo so bene, prima di scatenarsi contro... I nemici, mi auguro, e non gli amici.

(da: Medea, Euripide)

La gente avrebbe ricominciato a guardarla normalmente?
Francesca sperava di sì.

Cambiare quartiere però non era servito a nulla. Quella voce li aveva seguiti, subdola, strisciante. La gente...
La gente è davvero pazzesca.
Quando in una palazzina sei *nuovo* ti devono soppesare, passare al vaglio. Un anno è il tempo giusto: se non hai dato nell'occhio e sei riuscito a barcamenarti senza rompere i coglioni a chicchessia, è fatta.
Non aver cani è un fattore di *grande* aiuto. Talvolta anche il non avere figli, sì.
Quindi loro, coppia quasi giovane, tipi tranquilli, eccoli inglobati in modo indolore tra gli inquilini del palazzo.
Poi, ancora la voce.
Li seguiva come un cattivo odore che non riesci a eliminare.
O forse era la morbosità della gente a fiutarlo? Chissà.
Dapprima si accorse che al suo passaggio le brave massaie del palazzo ammutolivano.
Lei l'ascensore non lo prendeva mai. Scendeva leggera e saltellante le scale. Arrivata sul pianerottolo, tutte zitte. Occhiate di

affettuoso compatimento.
C'erano un paio di famigliole, nello stabile. Francesca si era trovata a controllare la posta mentre la signora del primo piano usciva coi bambini. Quella l'aveva guardata di sottecchi, timorosa, poi era sgusciata via infilandosi nel vano del portone e spingendo avanti i figli, quasi a toglierglieli dalla vista il più in fretta possibile, per timore dessero fastidio. Un'altra volta, Francesca era affacciata. Giusto per guardare la partita in cortile. La signora del terzo piano stava stendendo sul terrazzino. La vide e si mise a rimproverare i bambini di far troppa cagnara con la palla.
Tutto il mondo si scusava per la presenza dei propri figli.
Francesca non era infastidita. Cosa le importava dei figli degli altri? Infatti, cosa.
Certo, la seconda domenica di maggio era sempre un giorno difficile. Ma poi le passava, come passa tutto. Certo.
Un giorno, a meno di due anni da quell'altro giorno, salì sulla sua A112 e guidò fino a Ostia Lido con in tasca una busta che scottava.
Poi là, davanti al mare, l'aprì.
Positivo. *Bene.*
Un'altra possibilità. Forse Giancarlo avrebbe capito, le sarebbe stato più vicino, non si sarebbe sentita reclusa come la principessa delle fiabe nella stanza più alta della torre, così in alto che a gridare aiuto non ti sente anima viva. Novanta metri quadri di prigionia insieme a due mostriciattoli ma nessun principe che arriva sul cavallo bianco a salvarti dall'assillo continuo, continuo, continuo, dalla presenza ineludibile di chi ha sempre qualcosa da chiedere, sempre qualcosa da volere - ma che non arriva a prendersi da solo - sempre un'esigenza da soddisfare.
Era andata così. Le era parso non ci fosse alternativa.
Poi nacque Paolo. Ne fu contenta. Tutti gentili, un sacco di complimenti, tante carinerie per tenerle alto il morale. La rincuoravano ripetendole di non preoccuparsi, sarebbe andato tutto

bene. Speriamo, pensava lei. Giancarlo gli ultimi mesi di gravidanza era stato tenerissimo.
Hai visto? ce l'abbiamo fatta, è tutto passato. Dobbiamo guardare avanti, lasciarci alle spalle quello che è successo, per noi, per questo bambino in arrivo. Dobbiamo pensare solo al futuro.
Lei non voleva altro.
Dopo l'entusiasmo dei primi mesi, però, tutto era tornato come prima.
Giancarlo si era progressivamente staccato da loro, anzi no, da lei, del resto stava andando tutto bene, era capace di gestire la nuova situazione, se la cavava anche meglio del previsto.
Allora di me non hai capito un cazzo, pensava Francesca. Lui tornava la sera, prendeva in braccio il bambino, lo portava sul divano, giocava con lui. Lei armeggiava in cucina, chiamava quando era pronto, cenavano. *Cercando* di parlare. Specie lei. Tentava di imbastire un minimo dialogo; qualche volta ci riusciva, molte altre no.
Perché ce n'era sempre una, col benedetto (maledetto) bambino di mezzo.
Anche quando provava ad avvicinarsi a lui nel letto sembrava li vedesse e facesse apposta. Attaccava a piangere. Di notte piangeva. Di giorno piangeva. Piangeva sempre.
Le coliche, diceva la pediatra. E poi i denti, le bronchiti, i virus…
Le pareti della torre si andavano stringendo, accartocciate su loro stesse.
Soffocava, lei.
E la pediatra: quando è più nervoso, un bagnetto caldo, così si calma.
Tanto di quel lavoro in ambulatorio che evidentemente l'unica a non leggere i giornali è lei, dottoressa. Ci sono le madri coraggio, io invece sono Madre Disgrazia. Tre anni fa i miei figli affogarono nella vasca, in due spanne d'acqua; mi tartassarono un bel po' i

carabinieri, ma fu una fatalità, capisce? Non c'entravo, non fu colpa mia. Un bimbo di un anno, l'altro di cinque. Due maschi. Per quello grandicello mi dispiacque, in fondo aveva imparato quando era il momento di mettersi da parte senza darmi più fastidio, era un bambino silenzioso e tranquillo, intelligente anche. Ma quello di un anno...

Forse avrei dovuto regolarmi diversamente, però le buone madri non fanno differenze fra un figlio e l'altro, ripartiscono tutto equamente. Così ho fatto.

Ora credo che tornerò a casa, farò questo bagnetto caldo a Paolo, vediamo se si calma. Devo stare attenta, lo sa? Perché errare è umano, ma perseverare è diabolico. Tanta insistenza della sorte che si accanisce sempre nei miei confronti potrebbe sembrare oscena. Vediamo se anche stavolta i carabinieri scriveranno nel rapporto "morte accidentale".

Vediamo se Giancarlo si accorgerà di qualcosa, stavolta. Vediamo se capirà come e quanto starmi vicino, stavolta. Vediamo se riuscirò a trovare pace anch'io, una volta che smetterà questo pianto, se tornerà il silenzio, se riuscirò a calmarmi, se ci sarà pace. Vediamo.[1]

1

N.d.A: Il 12 febbraio 1988 in un appartamento di Ostia annegano nella vasca da bagno due fratellini di uno e cinque anni. Si pensa a una disgrazia. Il 9 marzo del '91 anche il terzo figlio nato nel frattempo ad Apollonia Angiulli, Pierpaolo, muore a otto mesi nelle medesime circostanze.

La Angiulli tenta il suicidio ingerendo barbiturici.

Si salverà, e verrà incriminata.

IL FUTURO IN UNA BOTTIGLIA

Luciana Costa

Quando finisci di leggere un libro lo chiudi, lo sistemi insieme agli altri nella libreria e passi ad un altro che ti farà conoscere nuovi scenari, nuovi personaggi e nuovi sviluppi. Prima di comprare un libro, solitamente, lo si gira per leggere le poche righe che riassumono la trama, noi, invece abbiamo saltato questo passaggio per approdare al capitolo uno: il lockdown. È stato un anno molto duro per tutti: il mondo è stato praticamente messo in ginocchio dalla pandemia, le nostre vite sono state completamente stravolte e le nostre abitudini si sono dovute per forza adeguare alle circostanze.

Mia madre, provata da questi ultimi mesi, ha quindi deciso che avremmo passato tutta l'estate nella casa al mare.

"Un mese passato sotto il sole a nuotare tra le onde ci rigenererà" aveva detto.

E infatti eccoci qui, è il 31 agosto, domani torneremo a casa a Roma, è stata un'estate diversa, ma mia madre aveva ragione, avevamo bisogno di cambiare aria. Solitamente la mia migliore amica, Alice, mi raggiungeva al ritorno dal suo viaggio estivo per trascorrere gli ultimi giorni qui, ma abbiamo preferito evitare; la rivedrò il primo giorno di scuola. Mi manca molto, fortunatamente con le videochiamate abbiamo accorciato le distanze, ma rivederla nel banchetto accanto al mio mentre affrontiamo quella giungla chiamata liceo sarà meraviglioso.

"Sofia, io e tuo fratello torniamo a casa, vorrei sistemare le ultime cose nelle valigie prima dell'ora di cena. Goditi l'ultimo tramonto".

"Va bene mamma, ci vediamo a casa" le dico tornando a guardare l'orizzonte.

Il sole non è più così accecante, si lascia ammirare mentre sta calando per nascondersi nell'acqua. L' arancione prepotente che lo avvolge si riflette su quelle poche nuvole che galleggiano qui e lì. Il sole sembra sapere che è il nostro ultimo appuntamento, scende lento, più del solito, ma non mi dispiace. Comincio a pensare che voglia darmi il tempo di tirare le somme, di fare un'ultima riflessione. Ho passato l'estate a pensare che avrei dovuto godermi ogni istante perché al libro che stiamo leggendo ancora nessuno ha scritto la fine, ho creduto fosse giusto cogliere l'attimo senza aspettarsi chissà cosa dal futuro, ma sono pur sempre un'adolescente a cui i pensieri spesso si spingono tanto in là da non trovare un attracco. Sto fissando quella sfera gialla apparentemente immobile e stupidamente mi trovo a risponderle.

"Non ne ho idea, non so nemmeno come sarà la mia vita nel prossimo mese, come potrei fare bilanci sui miei pensieri, sogni o desideri sul futuro".

Lo dico con un tono di voce così alto che sono costretta a guardarmi intorno per assicurarmi che nessuno mi abbia sentito, che nessuno sia testimone di questo delirio momentaneo che sto vivendo. Nonostante tutto sorrido e mi alzo pensando che sia meglio tornare a casa. Mentre sono in procinto di raccogliere il mio telo, sulla riva il sole si sta riflettendo prepotentemente in un oggetto che non riconosco. Mi avvicino curiosa e intravedo un pezzo di sughero, mi chino e con un lievissimo sforzo disincastro l'oggetto, è una bottiglia di vetro con un foglio arrotolato al suo interno.

Mi ritrovo a perlustrare nuovamente con lo sguardo tutto intorno e fortunatamente la spiaggia ormai è deserta. Mi sento quindi tranquilla di liberare quel messaggio dalla gabbia di vetro che lo contiene. Il tappo di sughero viene via facilmente, mi asciugo la mano destra per prendere il pezzo di carta arrotolato. Mentre raggiungo il mio telo per sedermi a leggere mi passano per la mente mille scenari, quasi tutti assurdi: una mappa del tesoro di un pirata, una richiesta di aiuto di qualcuno disperso su un'isola deserta o.... dovrei vedere meno film. Sorrido per l'assurdità dei miei pensieri, ma la curva sulla mia bocca sparisce immediatamente quando riconosco la scrittura su quel pezzo di carta: è la mia. Cerco di allontanare immediatamente l'idea, si tratterà di somiglianza, ma quel modo di fare la 'z' non è comune. O il sole si è spento o la mia temperatura è scesa di botto, i miei pensieri si bloccano totalmente e con poca grazia torno a sedermi. La situazione non migliora quando leggo il primo rigo.

"Cara Sofia..."

Sto sognando, è sicuramente un sogno da cui presto mi risveglierò.

"Cara Sofia..."

C'è davvero scritto il mio nome, lo fisso ancora per qualche secondo, devo prendere coraggio e andare avanti quindi faccio un gran respiro e costringo il mio cervello a non formulare domande, devo solamente permettere ai miei occhi di proseguire nella lettura.

"Cara Sofia, so che un brivido ti ha percorso tutta la schiena quando hai riconosciuto la mia scrittura, cioè la tua, forse farei meglio a dire la nostra scrittura. Non essere spaventata, non ce n'è motivo. Ricordo perfettamente la sensazione di incertezza che provai quell'ultimo giorno in spiaggia prima di tornare a Roma dopo l'estate, mi sentivo così in comunione con quel tramonto che mi misi a chiacchierare con il sole che calava nel mare, ancora rido se ci penso. So che sei abituata a dare una motivazione a qualsiasi cosa ti capiti e pretendi sempre di capire il perché delle cose, quindi, sono certa che sei nel pallone perché non ti spieghi come sia possibile ritrovarsi tra le mani una lettera indirizzata a te, con la tua calligrafia. Sta' tranquilla, non ricordi di averla scritta perché l'ho fatto io: la te del futuro. Non voglio darti troppi particolari perché potrei condizionare le tue scelte future, ti scrivo solo per rassicurarti. So che hai tante domande quante incertezze, è stato un anno durissimo e immaginarsi una vita dopo i cambiamenti che l'hanno stravolta è difficile. Ti scrivo per darti fiducia, meriti di lasciare quella spiaggia con la leggerezza con cui l'hai salutata ogni anno, con la consapevolezza che riperderai la scuola a giorni. Sarà in quella scuola che ritroverai il piacere delle risate tra compagni, dell'ansia delle interrogazioni, dell'imbarazzo dei primi sentimenti. Anche se in maniera discontinua ritornerai ad aspettare il weekend per lo shopping con le amiche e le tavolate in pizzeria. Sarà bello quanto strano rivedere le persone sedute fuori ai bar a chiacchierare sorseggiando il caffè, non dimenticherai mai quella sensazione di contentezza nel riassaporare la normalità, portala con te. Non posso dirti che sarà semplice, ci saranno dei momenti di indecisione, di sconforto, a volte avrai la sensazione che dopo una caduta non riuscirai a rialzarti, ma durerà poco. Capirai che arrendersi non ha senso e ricomincerai a camminare un po' più forte di prima e sicuramente più consapevole di te stessa. Rimani cocciuta come sei, ma il parere di chi ti ama ascoltalo sempre, la cosa giusta la troverai tra il tuo punto di vista e il miglior consiglio che ti avranno dato. Non hai sempre ragione, ricordalo! Non perdere la curiosità che ti contraddistingue, ma non precluderti di vivere situazioni indefinite o poco chiare. Comincia esattamente da quando avrai finito di leggere questa lettera, non stare a scervellarti su questo magico momento che stai vivendo, certe cose accadono e basta. Infine, anche se tutto intorno sembrerà crollare ci sarà sempre una scintilla che non farà crollare te, nelle difficoltà troverai comunque la strada. Vorrei dirti mille altre cose ma non sarebbe giusto. Piccola me, ti abbraccio forte. La tua Sofi dal futuro".

Una lacrima mi attraversa la guancia, non riesco a sbattere le palpebre, sono immobile. Come si reagisce ad una lettera portata dal mare mandata dalla te stessa del futuro? Non troverò risposte a questo evento, lo so, lo percepisco, rimango a fissare il cielo ormai color cobalto mentre mi godo la sensazione di speranza che mi ha pervaso completamente. Spero non svanisca mai e per evitare che accada, riarrotolo il mio futuro e lo rimetto nella bottiglia, lo porto via con me.

"Grazie Sofia, grazie davvero".

LA BALLATA DELLA MORTE

Dante Zucchi

Io sono la morte.
Niente paura, non ho niente contro nessuno di voi, per ora
O almeno non sono qui per svolgere i miei compiti istituzionali.
Volevo anch'io dire la mia, dal momento che forse sono la cosa più importante per tutti voi, prima o poi.
Eppure, nonostante io rivesta questo indiscusso potere di decidere le vostre sorti, tutti mi odiano, tranne qualche suicida che non fa la regola.
Di solito chi ha potere, ha seguaci, più o meno sinceri.
Io no.
Non ho nessuno che mi sponsorizzi,
non ho nessuno che mi appoggi,
non ho nessuno che mi sostenga,
non ho niente e nessuno dalla mia parte.
Almeno in teoria.
Avete mai visto una pubblicità che dica che qualcuno vuole la morte dell'altro? Sì, alle volte, ma passa fra di voi per un pazzo, quando invece per me sono i miei eroi e sarebbero comunque troppo pochi perché io mi senta soddisfatta.
Se A è nemico di B e vuole la sua morte, A è mio amico, e B (per la proprietà traslativa che i nemici dei miei amici sono miei nemici) è mio nemico.
A questo punto, potremmo dire che teoricamente tutti sono miei nemici, in quanto almeno formalmente sono tutti contrari alla morte e tutti dicono che operano per il bene dell'altro.
Il mio lavoro consiste nel fare in modo che ogni uomo sia nemico di ogni altro uomo e desideri la sua morte. Solo così sarete tutti

miei amici.
Badate bene, io non faccio altro che fare il mio lavoro istituzionale e cioè cercare di fare semplicemente ciò che chi mi ha creato mi ha obbligato a fare: estendere la morte a quanti più possibile rientra nel mio obbligo istituzionale. Non posso sottrarmi a questo, anche se volessi, andrei contro le mie regole d'ingaggio. Se si vuol cambiare questo genere di cose, è necessario che qualcuno si faccia su le maniche e convinca il mio Creatore a cambiare queste regole. Mi si potrebbe dire che, in fondo, il mio Creatore non mi ha creato, ma siete stati voi a tirarvi addosso questa punizione quando il vostro primo progenitore ha disubbidito. Può darsi. Io non lo so, io non sono così intelligente da capire queste cose, io so solamente che, alla fin fine, non siete antipatici, anzi alle volte mi sembrate anche carini, un po' stronzi, ma passabili e divertenti. Più che altro mi fate compassione.
L'altro giorno parlando con la mia collega la Cicogna, sì proprio l'uccello che vi porta i nuovi nati, la mia fedele alleata, perché se lei non ci fosse il mio mestiere finirebbe in fretta; dicevo, parlando con lei, che è molto più intelligente di me, mi disse:

"Cara morte, tu sei necessaria. Se nessuno morisse il mondo scoppierebbe. E poi vuoi mettere? Anche per quei poveri disgraziati laggiù è giusto così. Se nessuno morisse tutti sarebbero obbligati a lavorare in eterno e nessuno andrebbe in pensione a godersi un po' di riposo. Te li immagini tu quei disgraziati a lavorare sempre e comunque? No, no, il nostro Creatore ha fatto una cosa giusta, ma siccome all'uomo non gli va giù di morire, allora il nostro Creatore ha impostato tutto come se la morte dipendesse dall'uomo, per avergli disubbidito per quella mela, quando invece dobbiamo ringraziare quell'essere là, come si chiamava o come l'hanno chiamato? Ah, sì, Adamo. E soprattutto Eva la donna, perché se fosse stato per quel pacioccone di Adamo,

che mela e mela! Lui sarebbe ancora là a bighellonare per il giardino e a guardare con il naso per aria aspettando l'imbeccata da qualcuno. Anche il Creatore, probabile, ha i suoi limiti e quando ha creato l'uomo si è dimenticato di qualcosa e allora ha creato la donna e ha detto all'uomo:
"Beccati questa e arrangiati! Almeno mettiamo un po' di vivacità in questa benedetta creazione, che mi sembra un mortorio".
E poi il mio lavoro non è tanto difficile, anzi è molto più facile di tanti altri e non mi devo affaticare il cervello più di tanto. Solo in teoria, e formalmente, nessuno vuole la morte dell'altro, in pratica ognuno agisce per conto proprio contro l'altro. Cioè voi stessi, che dovreste essere miei nemici, fate di tutto per essere miei amici: è un po' come se in una partita di calcio il difensore invece di gettare la palla in campo avversario tirasse nella propria porta. Avete una fantasia insuperabile, non riuscirei io stessa a fare di meglio. Ve ne inventate di tutti i colori, ma è inutile che io ve li ripeta, li conoscete benissimo: stragi, persecuzioni, deportazioni, guerre, genocidi …

Alle volte sono anche preoccupata per il grosso lavoro che mi trovo a fare e a forza di correre da una parte all'altra rimango senza fiato. Come sapete io non conosco giorno o notte, io corro dove sono chiamata, non ho ferie, vacanze, weekend ed è tutto sulle mie spalle. Passo dei periodi di scorpacciate grandiose rischiando di fare indigestione e di appesantirmi troppo. Ho provato a lamentarmi col Capo. Mi ha detto che mi devo arrangiare e che Lui non ha colpe se voi siete così: Lui ci prova ad avvisarvi ogni tanto, ma voi siete sordi ai suoi avvisi e fate quello che vi pare.
"Sii più chiaro" gli ho detto "prova a dirglielo meglio, in fondo li hai creati tu e dovresti conoscerli".
Mi ha fatto tutto un discorso sulla libertà di scelta che io non ho capito e ho lasciato perdere.

Poco tempo fa, avete inventato anche quella che voi avete chiamato bomba atomica. L'avete usata, ma poi vi siete fermati per mia e vostra fortuna. Se aveste proseguito su quella strada il mio lavoro oggi sarebbe finito, perché nessuno più esisterebbe sul vostro pianeta e allora io che ci farei? Io sarei morta con voi. Meglio così. Sarebbe stata una goduria immane vedere la morte vincere su tutto e tutti, ma poi? Sarebbe stata la fine anche per me che mi trovavo senza lavoro, disoccupata ed inutile.
In tutti i modi con voi umani c'è sempre da stare all'erta: ogni giorno ve ne inventate una che mette in pericolo la mia stessa sopravvivenza.
Volete un esempio? Ormai mi vergogno anche a parlarne, perché ne parlate talmente tanto voi stessi che ormai è diventato un mantra che vi entra da un orecchio e vi esce dall'altro e più nessuno ci fa caso. Del resto questo trucchetto l'ho inventato io, così voi parlate parlate e parlate ancora, però poi dite "Ah sì, quello? Sì, sì giusto ne discuteremo", quando poi vi incontrate e ne discutete tornate a dire "Sì, sì tutto giusto, siamo arrivati quasi a bomba, ci manca poco. La prossima concludiamo" e così via due, tre, mille volte ed io me la godo, mentre vi osservo a sprofondare sempre più nella merda. Come avrete ben capito parlo dell'inquinamento che da qualche decennio sta colpendo l'umanità intera in modo piuttosto duro ed io mi diverto a vedere questo vostro masochismo di massa che indifferente vi porta verso il baratro, ma tant'è, voi siete fatti così. Prima o poi dovrò intervenire io, la Morte, ed escogitare qualcosa per salvarvi, perché se voi finite nel baratro, insieme a voi ci finisco anch'io. Il perché l'ho già detto ed è molto semplice: senza di voi io che farei? la mia presenza non sarebbe più giustificata e il nostro Creatore mi licenzierebbe il giorno stesso. O meglio Quello là, il Creatore, non ha mezze misure e non è che mi metta tranquillamente in pensione,

cosa del resto che io mi meriterei dopo averlo servito per tanto tempo. No no, quello con uno schiocco delle dita mi dissolve nel nulla, perciò ragazzi mettiamoci d'accordo: voi avete una buona immaginazione, continuate perciò su questa strada, ma poi abbiate giudizio e fermatevi ogni tanto a pensare. Datemi da lavorare, ma non esagerate e questo per il bene vostro, ma anche per il mio. Ognuno faccia la sua parte, ma senza oltrepassare la misura. Spero che vi fermiate in tempo e che qualcosa rimanga di voi che possa giustificare la mia sopravvivenza. Però non diteglielo a Quello là che facciamo questo accordo, potrebbe incazzarsi perché si sentirebbe preso in giro e allora sarebbero guai per tutti. È un po' permaloso, l'Amico, guardate cosa ha fatto solo perché qualcuno gli ha rubato una mela dal suo albero preferito!

Vostra fedele e amica/nemica LA MORTE.

LA STORIA DI CHI L'HA VISSUTA

Nicoletta Rosalbo

"Riky è ora di fare i compiti, prendi il diario e controlla quali materie devi studiare per domani."
"Sì mamma, però tu siediti vicino a me."
[Libro di storia pag. 138]
"Dai, apri il libro e vediamo oggi cosa aggiungerai al tuo bagaglio culturale."
"Mamma qui c'è scritto "anni 2019, 2020, 2021: l'impatto del Covid-19 sull'umanità."
Mai avrei immaginato quel giorno di rivivere attimi vissuti in prima persona, brividi che ritornano fulminanti come se stessi ancora subendo l'ansia continua di quegli anni maledetti. Se ne accorse anche Riky e mi chiese con tanta dolcezza e ingenuità: "che c'è mamma? Tu ricordi quando si è scatenata questa pandemia della quale parla il libro?"
Avrei tanto voluto rispondergli di no, però mi sono fatta coraggio e ho iniziato a raccontargli cosa successe in quegli anni, sicuramente avrebbe compreso più la mia voce narrante, che pagine di carta inanimate e anaffettive.
"Beh, vedi bambino mio, ricordo come se fosse ieri, io avevo 22 anni, ero nel pieno della mia gioventù con tanti sogni da realizzare, di lì a poco mi sarei dovuta laureare, volevo viaggiare, esplorare ogni posto dell'universo, sentirmi libera, leggera, viva.
Tutto questo per un po' di tempo non è stato possibile.
Prova a chiudere per un attimo gli occhi e ad immaginare ciò che sto per raccontarti.
Era un pomeriggio di dicembre, il 31 per l'esattezza, la fine di un ciclo di mesi, quando ci si prepara ai festeggiamenti per un nuovo anno, un nuovo inizio. Dovevamo dare il benvenuto al 2020, ma eravamo ignari di tutto, di quanto le nostre vite sarebbero cambiate

di lì a poco, drasticamente. I telegiornali iniziarono a parlare di una misteriosa polmonite che stava causando tanti morti a Wuhan, in Cina. Il resto del mondo inizialmente, Italia compresa, sottovalutò il rischio, ma poco dopo si scoprì che il virus si trasmetteva da persona a persona, e non attraverso gli animali, come si era supposto.
L'allora Presidente del Consiglio, Giuseppe Conte, a fine gennaio enunciò i primi due casi di contagio riscontrati in Italia, si trattava di due turisti cinesi. Venne dichiarata subito l'emergenza sanitaria nazionale e da lì si iniziò ad avere paura sul serio.
Tu sai che cos'è la paura?"
"Sì, mamma, la paura è quella sensazione che provo quando vedo una lucertola e scappo."
"Ecco, noi avevamo paura delle persone, che l'altro essere umano potesse in qualche modo contagiarci, lo vedevamo come una minaccia. Così iniziò un lungo periodo buio, dove protagoniste erano le mascherine, le usavamo per coprirci la bocca e il naso, si vedevano solo gli occhi, menomale, almeno quelli."
"Mamma e come facevate a respirare? Stavate sempre con le mascherine? Se facevate un sorriso non ve ne accorgevate?"
"Vedi figlio mio, non potevamo uscire senza quelli che erano diventati per noi accessori fondamentali. Anche i bambini a scuola indossavano le mascherine, immagina solo per un attimo cosa questo possa significare. Tu la mattina ti svegli, ti alzi dal letto, sei felice perché sai che andrai a scuola e starai in compagnia dei tuoi amici, delle maestre, potrai abbracciare la tua amichetta speciale Rebecca, mandarle bacini perché le tue labbra sono scoperte e non coperte, sorridere a tutti senza doverti impegnare a strizzare di più gli occhi.
Potrai dare la mano ai tuoi compagni, salutarli come più ti piace, alzarti dalla sedia durante la ricreazione senza aver paura di non rispettare la giusta distanza di sicurezza.

Potrai andare al parco nel pomeriggio, giocare a pallone, oppure andare a trovare i nonni, gli zii, i cuginetti.
Potrai respirare, liberamente.
Tutto questo e molto altro era impensabile in quegli anni.
Il tempo passava e sembrava renderci sempre più misantropi.
A marzo Ariano Irpino divenne zona rossa per più di un mese: vietati spostamenti in entrata e in uscita se non per comprovati motivi di lavoro o necessità.
Era un dramma a tutti gli effetti, fino a quando a maggio l'Italia intera iniziò a ripartire, piano piano.
Fu all'incirca in quel periodo che conobbi tuo padre, la mia luce. E' arrivato nella mia vita e con il suo modo di fare, con il suo umorismo, ha stravolto ogni cosa.
Si era appena laureato in infermieristica, lo chiamarono subito a lavorare perché c'era tanto bisogno di personale e anche perché, come sai, è in gamba."
"Mamma dimmi di più, e poi riuscivi a vedere papà? Dovevate tenere sempre le mascherine? Non ti poteva neanche mandare i bacini come io faccio con Rebecca? Ti prego continua."
"Ma quanto sei curioso, signorino mio! Non è stato facile, soprattutto all'inizio, ma siamo stati bravi a saperci tenere nel modo giusto, che poi chi dice se un modo sia giusto o sbagliato? Semplicemente ci siamo sentiti legati sin da subito, come se ci conoscessimo da sempre, ci volevamo tanto bene e più il tempo passava e più il bene aumentava, è stato tutto così naturale. Le mie giornate erano più belle, mi svegliavo già col sorriso, e andavo a dormire non vedendo l'ora che fosse mattina per sorridere ancora il giorno dopo, e pure l'altro.
In estate un po' la curva dei contagi diminuì, fino a quando però, non aumentò drasticamente a fine stagione.
Fu allora che tuo padre iniziò a lavorare all'Ospedale Frangipane, nell'area covid. Ricordo come se fosse ieri, era il 2 novembre

quando venne inaugurata l'area.
Iniziammo così a non vederci per giorni, i suoi turni erano estenuanti, per di più doveva utilizzare dei dispositivi di protezione individuale per evitare di essere infettato dai pazienti positivi. Nonostante la paura, lui era lì, con i suoi colleghi, pronti a salvare vite umane. Nonostante la stanchezza, non si è mai arreso e non diceva mai che era stanco, ma erano i suoi occhi rossi che vedevo in videochiamata a parlare, erano i segni evidenti sul viso causati dai DPI a raccontarmi, ancor prima della sua voce, la giornata massacrante trascorsa. Gli infermieri, colonna portante dell'intero paese, venivano chiamati angeli in quegli anni, angeli senza ali, ma con un cuore immenso. Sono stati umanamente eroici, ma prima di essere eroi silenziosi, erano figli, madri, padri, mogli, mariti, fidanzati che troppo spesso dovevano rinunciare all'affetto delle persone a loro più care, ad un abbraccio che sarebbe stato d'aiuto a risollevare il morale dal continuo vedere persone, anche giovanissime, che purtroppo lottavano tra la vita e la morte, e alcune non riuscivano a sopravvivere.
Così anche tuo padre, per giorni, mesi, ha rinunciato alle coccole della mamma.
Poi quando la situazione iniziò a migliorare, iniziammo a vederci, ma solo dopo aver fatto il tampone, lo faceva apposta per vedere me e non sai quanto aspettavo quel momento. Mi mancava maledettamente, ma ho sempre cercato di trasformare la mancanza in forza, la priorità era salvare vite umane, regalare speranza a quei pazienti in reparto. Ricordo ancora quando si travestì da babbo natale e portò i doni a tutti!
Tuo padre sapeva regalare amore in un modo diverso, i pazienti li accarezzava, anche a mani nude per fargli sentire il contatto, il calore della pelle vera, senza l'impedimento dei guanti, stringeva le mani a chi ne aveva bisogno e li rassicurava che sarebbero tornati a casa.

Non ci siamo visti per tanto tempo, è vero, io per rimediare feci posizionare uno striscione all'entrata dell'ospedale, con un messaggio per tutti i medici e gli infermieri, per farmi sentire vicina a lui ogni volta che varcava quella porta, era come se fosse un mio abbraccio, lo sapeva solo lui che quel gesto era partito da me.

Poi finalmente la pandemia finì, e lo stesso giorno che fu annunciata questa meravigliosa notizia al TG, io scoprii di essere incinta di te. Fu questo "il nostro modo giusto di esserci tenuti!"

"Mamma, ora ho capito perché mi avete chiamato Riccardo, significa forte e coraggioso, proprio come il vostro Amore!

Io da grande voglio essere come papà. Grazie mamma, domani racconterò la storia della nostra storia a scuola. La storia la fa chi la vive!"

LIGHTS UP

Erika Parasiliti

Cara Ophelia,
so che in questo momento mi starai odiando e, credimi, lo sto facendo anch'io. Mi sto sentendo così fottutamente stupido per scriverti su un vecchio pezzo di carta le mie ultime parole, ma l'unica cosa che sono in grado di fare ultimamente è cercare scorciatoie per evitare di stare male, e sono sicuro che lo farei se ti raccontassi tutta questa merda guardando dritto nei tuoi meravigliosi occhi verdi.

Ti ricordi quando qualche mese fa mi avevi detto che ti saresti trasferita in una città lontana chilometri da me? Dopo averti stretta tra le mie braccia, ti avevo detto che la distanza non avrebbe messo fine al nostro amore, che saremmo stati bene, che *sarei stato bene.* Ora che siamo distanti sia fisicamente che spiritualmente, posso liberamente dirti che non ho mai creduto ad una singola parola uscita dalla mia bocca quel giorno: sapevo che il nostro filo rosso si sarebbe spezzato e che non sarei mai stato bene. Sono rimasto completamente solo e niente sembra andare per il verso giusto. Papà continua ad incolparmi di aver rovinato la sua immagine da sindaco modello, perché *chi vorrebbe mai un lurido e schifoso trans come figlio?!*. Mamma cerca sempre di difendermi da lui, ma riesco a percepire la vergogna e l'umiliazione che prova quando invita le sue amiche a prendere un tè a casa e chiedono con disgusto come abbia potuto permettere che la sua adorabile figlia diventasse un ragazzo. A scuola gli insulti e le botte sono aumentati a dismisura, dato che non ci sei più tu a proteggermi e nessuno ha il coraggio di schierarsi dalla mia parte della trincea. Da qualche settimana ho deciso di rintanarmi nella mia stanza e non esco da qui nemmeno per pranzare o cenare. Ma a nessuno sembra importare di me. Nessuno viene mai a chiedermi come sto e io, immerso nel buio e nel silenzio della mia stanza, continuo a piangere senza sosta ed affondare sempre di più nel mio dolore.

Evitare le persone e qualsiasi tipo di contatto umano, però, non ha posto fine alla mia sofferenza: tutte le cattiverie che mi hanno gettato addosso vorticano persistentemente tra i miei pensieri e, nonostante ci abbia provato, non riesco a scacciarle via. Ma loro sanno cosa provo quando mi dicono tutte quelle brutte parole? Del resto non vengo considerato nemmeno come un essere umano con dei sentimenti, ma solo come un umanoide, un esperimento genetico mal riuscito. Te lo giuro, ho provato con tutto me stesso a non dare peso a tutto ciò, ma è difficile sopprimere la visione distorta che la gente ha di te; specialmente quando sei fragile come il vetro e non hai nessuno accanto disposto a mettere insieme i tuoi cocci rotti. Cosa mi rende diverso da tutti gli altri? Perché non mi reputano meritevole della loro approvazione? Di me sanno solo che, prima di diventare Kaegan, ero Bethany (anche se tutti quelli che si divertono deridendomi continuano incessantemente a chiamarmi con il mio dead name per tormentarmi con il ricordo della la mia vecchia identità). Beh, il problema è che non mi sono mai sentito a mio agio in un corpo femminile, quindi perché non provare a cambiarlo? Dopo il tanto atteso intervento, mi sono sentito così dannatamente bene con me stesso da credere che niente mi avrebbe più buttato giù.

Dio, se mi sbagliavo! Il confronto con il mondo esterno mi ha ferito in modo irreversibile: mi odio per essermi fatto condizionare dal pensiero di persone che non mi comprendono e ora l'unica cosa che provo quando mi guardo allo specchio è disprezzo. *Venire emarginati dalla società è il prezzo da pagare per essere se stessi?* Nel periodo più buio della mia vita eri l'unica luce che vedevo alla fine del tunnel, ma non ti biasimo per essere andata via da me, se potessi anch'io scapperei lontano da me stesso. Il mio sporco carico di paure e sofferenze non ti avrebbe portata da nessuna parte e tu meriti di splendere come il sole. Tu avrai il tuo posto nel mondo, io no: so di non poter più restare qui. Mio malgrado, però, sono anche consapevole di non essere né il primo, né l'ultimo ragazzo a vivere tutto questo. Quante altre persone sono destinate a soffrire come me? Spero tanto che un giorno l'umanità possa imparare a spogliarsi delle sue crudeltà e pregiudizi.

Mi dispiace di aver scaricato su di te tutte le mie frustrazioni, ma sei sempre stata brava ad ascoltarmi e mi auguro che lo farai anche ora leggendo la mia lettera d'addio. Sappi che non hai mai smesso di essere la persona più importante della mia vita, sebbene la distanza ci abbia fatto perdere i contatti e non ti ringrazierò mai abbastanza per essermi stata sempre accanto quando nessuno aveva il coraggio di farlo.

Con tanto amore,
Kaegan
(o forse Beth?)

SI FESTEGGIA!

Victoria Phoenix Dickens

Che bella questa giornata!
Sono le cinque e mezzo di un pomeriggio di inizio estate. Il mare è limpido e calmo, e tra non molto il Cielo si vestirà completamente di magnifici colori.
Ci sono proprio tutti a questo apericena: Lodovica, le Mynt, Melody, Inkflower, Merlyn, Fiordifiamma, Gelo, Starya, Airya, Solitudine, Rosa Blu, Ella (venuta al posto di Ghouenh), la sirena di zucchero, Mike, Margaret, la piccola Vicky, Paura, Dolore, Amore, Thea, Klira e Jeyra.
Sulla sabbia bianca e finissima di questa spiaggia ad Ayhs c'è una lunghissima tavolata con sopra molti cibi e bevande gustosi.
Vicino al tavolo Lodovica e Yv stanno chiacchierando prendendosi da mangiare. Mia sorella Yv è molto golosa; speriamo che non si spazzoli tutto!
La nostra antenata Lodovica è molto più posata. È la più posata di tutti. Immagino che sia perché ha vissuto un po' di secoli fa.
Sopra il tavolo, sedute sul bordo di una grande brocca piena d'acqua ci sono Melody, Merlyn e Inkflower. Melody ride e scherza con le due fate. Merlyn sta intrattenendo le altre raccontando loro non so bene cosa, ma a giudicare dalle loro facce deve trattarsi di qualcosa di molto divertente.
Oh cavolo! Maldestramente, mentre parlava Merlyn ha dato una spinta a Melody, facendola cadere nella brocca con un bel tuffo. Le fate l'hanno tirata subito fuori, adagiandola sulla tovaglia a fianco alla brocca. Povera Merlyn, quanto deve sentirsi in colpa. E povera Melody! Menomale che c'è Yv Appena ha visto Melody in quelle condizioni, mia sorella l'ha subito asciugata grazie al proprio dono del fuoco.
Dopo quella piccola disavventura con le fate, Melody ritiene più

opportuno spostarsi. Così, ora la sto portando da Starya, seduta sulla spiaggia. Questa è molto pensierosa, e i due lembi di tessuto che ha sulla schiena danzano nella fresca brezza di questo tranquillo pomeriggio. Lei e Melody hanno appena iniziato a parlare, e hanno scoperto di avere in comune la convinzione dell'importanza di esprimersi con il canto.
Sento Inkflower che sta dicendo a Merlyn di stare più attenta. Voltandomi a guardarle, vedo che sta scuotendo la testa. Ha spiccato il volo, e sta venendo da me. Chissà cosa mi vuole dire?... Ah, ecco. Ha appena avuto un'idea. Vorrebbe creare un club, il *Club delle Amiche della Scrittura*. La sede sarebbe nel tempietto della dea Scrittura, vicino Wordville. Inkflower vorrebbe coinvolgere tutte le nostre *amiche di penna*: Thea, Airya e mia sorella Mari. Mi sembra un'ottima idea. Secondo me accetteranno di entrare a farne parte più che volentieri.
Sul tavolo, da dentro una tazza, la sirenetta di zucchero bianco osserva curiosa cosa succede intorno appoggiata al bordo. A volte parla con il suo amico umano Mike, seduto lì vicino.
Poco più in là, sedute su due sedie ci sono Margaret e Rosa Blu. Sento che stanno parlando della felicità, e di come siano d'accordo sul fatto che questa venga dalle cose piccole e semplici di tutti i giorni. La penso anch'io così!
Seduta poco lontano da loro c'è la piccola me. La mia (e sua) cara amica Solitudine, sorridendo con dolcezza a Vicky, è andata a sedersi sulla sedia vuota che c'era accanto alla piccola me. Era andata a prendere qualcosa da mangiare per entrambe.
Vicky è molto contenta che adesso ci sia la Solitudine con lei. Le sorride, e nel vedermi sorride anche a me, che contraccambio. Piccola...
Dietro il tavolo, ad aiutare a riempire man mano piatti e bicchieri ci sono Dolore, Amore e Paura.
Più in là, Fiordifiamma ed Airya stanno facendo una passeggiata

sul bagnasciuga. Fiordifiamma si è appena chinata. Sembra che stia raccogliendo delle conchiglie…
Confermo: ora le sta mostrando a Airya. Si sono fermate entrambe ad ammirare quelle conchiglie multiformi dai colori dell'arcobaleno tipiche di Ayhs.
Non ce n'è una uguale all'altra; la combinazione di colori tra una conchiglia e l'altra è ogni volta diversa.
Adesso Airya sta facendo provare la sua corona a Fiordifiamma, che era rimasta estasiata davanti alla vista di quella coroncina così particolare. Come Airya, anche la giovane principessa Luce, cugina di Fiordifiamma, ha la passione per le bolle di sapone, di cui è costituita la corona di Airya.
Mezza sdraiata su uno scoglio piatto vicino alla riva c'è Thea. La giovane sirena sta sorseggiando un frullato di alghe e gamberetti, bevanda molto amata da sirene e tritoni.
Sta cercando di berlo il più lentamente possibile per non muoversi troppo; posa infatti per Gelo, madre biologica di Fiordifiamma.
Gelo sta facendo a Thea un ritratto seduta su una sedia in riva a quel pacifico mare. Da quando ha trovato la sua strada, Gelo non si separa mai dagli strumenti necessari a raggiungere la sua felicità: tutto il materiale che le serve per dipingere con gli acquerelli.
Nonostante le piaccia dipingere anche con altre tecniche, l'acquerello ad oggi è la sua preferita.
Gelo ringrazia spesso l'enorme Dolore che ha provato di recente, per averle donato Se Stessa. Ha capito che il Dolore ci fortifica, insegnandoci delle lezioni di vita importanti. Se poi abbiamo un animo artistico, ci permette anche di dare alla luce pezzi della nostra anima particolarmente pieni di significato.
Come sua figlia biologica Fiordifiamma ed Airya, anche le mie sorelle Mari, Thal e Nil stanno facendo una passeggiata. Loro tre, però, sono più verso l'interno della spiaggia. Essendo così lontane, non so cosa si stiano dicendo.

Io sono con Ella, la prima che mi si è mostrata - tranne naturalmente le mie quattro sorelle Mynt. Ella è la mia migliore amica di tutti quei mondi e Universi, e mi sento davvero fortunata e benedetta ad avere con me lei e tutti gli altri.
Ho organizzato questo apericena qui ad Ayhs – casa di Ella, Ghouenh e degli altri oonichi – perché è un luogo con un grande significato per me.
Sono contenta che siano venuti tutti. Ci tenevo molto che ci fossero tutti i personaggi principali dei vari mondi che mi si sono mostrati finora, perché volevo festeggiare il fatto che siano nella mia vita. Questo apericena è quindi in loro onore.
Alzo lo sguardo. In Cielo brillano due splendidi arcobaleni: quello dato dall'unione tra Jeyra e Klira e il mantello del Cielo. Sembra che facciano a gara a quale sia il più bello.
Sedute sul primo, la custode della notte e quella del giorno ci salutano gioiose con la mano.
È meraviglioso avere degli amici così. Ne ho almeno uno in ogni mondo o Universo, e ne sono molto grata.
Io ed Ella, unite per destino, ci sorridiamo.
In un tacito accordo, spieghiamo le ali e andiamo a fare le piroette dentro gli arcobaleni, dipingendoci anche noi di quegli sgargianti colori.

SCENEGGIATURA RITROVATA A NAPOLI

Gennaro Saviano

È una calda mattina di metà maggio, sono appena passate le dieci. Antonio ha aperto un paio di ore fa la videoteca, situata in una via del centro storico di Napoli, poco lontano dal Conservatorio e a due passi da Port'Alba.

Sta scrivendo delle cose su dei registri. Non usa il pc, lo trova scomodo. Gli piacevano di più le macchine per scrivere: la Olivetti Lettera 22 su cui ha scritto la tesi se la ricorda ancora con affetto.

Entra infine un cliente: ha poco più di trent'anni, capelli corti castani e occhiali. Il ragazzo si muove tra gli scaffali impolverati per qualche minuto, controllando i titoli dei dvd, dei blu-ray e gli altri gadget.

Antonio continua a scrivere sui registri. Dopo qualche minuto, il cliente sussurra qualcosa, sprezzante. "M'avevano tanto decantato questo negozio. E invece trovo solo polvere".

Il ragazzo arriccia anche il naso. Antonio ha sentito ma fa finta di niente. Alza comunque la testa dai registri e chiede, educato:

"Ha detto qualcosa?".

Il cliente, scostante, ribatte: "Niente. Non si preoccupi". Antonio torna quindi a controllare i registri. Il cliente invece continua a controllare gli scaffali. Ha preso e posato il dvd di *Full Metal Jacket*.

Di nuovo, subito, sussurra stavolta con disgusto: "I soliti film visti e stravisti che si trovano in ogni negozio di una qualsiasi catena".

Il cliente, che si chiama Guglielmo, fa per andarsene. Proprio quando è arrivato alla porta, Antonio rialza la testa dai registri e lo richiama:

"Il secondo piano l'ha visitato?"

Quello si volta e lo guarda insolente. "Suppongo che sia come il

primo" commenta aspro. Si avvicina comunque alla cassa e continua, con lo stesso tono: "Visto uno, visto tutti".
Antonio sorride vispo e per nulla offeso. "Oh, credo proprio che si ricrederà, mio caro".
"Lei dice?" Guglielmo appare dubbioso.
Antonio annuisce con la testa e propone: "Se vuole, l'accompagno sopra molto volentieri".
Guglielmo scrolla le spalle e mormora: "Se non è troppo disturbo per lei".
I due, Antonio che precede Guglielmo, salgano su.
Il secondo piano è grande quanto il primo e gli somiglia in effetti in tutto e per tutto: scaffali impolverati colmi del materiale più disparato, da vecchi vhs che Antonio pensa torneranno di moda come i vinili a locandine a pupazzetti.
Antonio segue Guglielmo che con puntiglio controlla gli scaffali di ferro.
Quello si volta e senza premurarsi di indorare la pillola osserva: "Questo piano non mi sembra così speciale, signore".
Guglielmo si ferma e prende da uno scaffale una sceneggiatura cinematografica. Le pagine sono ingiallite e un po' spiegazzate. Guglielmo comincia a sfogliarla senza badarci appieno e continua a discutere con Antonio, il quale non ha perso la sua espressione bonaria.
Guglielmo ripete: "Davvero, non mi sembra niente di speciale".
Gira le pagine della sceneggiatura mentre parla. All'improvviso si blocca. Gli occhi che fino a quel momento vagavano dalle cartelle dattiloscritte ad Antonio si fermano e restano fisse alle pagine.
Il ragazzo farfuglia, meravigliato: "Ma... ma..."
Legge il frontespizio e poi si rivolge ad Antonio: "Questa è la sceneggiatura originale e firmata di *The American*, il film di Oswald Walker".
Antonio sorride. "Sì" conferma e poi, senza che Guglielmo abbia

perso una stilla della sua meraviglia, gli chiede: "Conosce le traversie che Walker incontrò per girare il film, vero?".
Guglielmo parla concitato: "Sì, l'imprenditore cui era ispirato il protagonista, Plainview, ostracizzò il film in tutti i modi possibili e immaginabili".
Antonio sorride e gli risponde: "È andata proprio così. Sa che li vidi litigare, in un bar a Los Angeles? Successe dopo il film".
Guglielmo ascolta incredulo: "Davvero?".
Antonio annuisce e racconta con divertita nostalgia: "Da giovane, ho vissuto e lavorato negli Stati Uniti". Il commerciante increspa le labbra in un caldo sorriso: "Ho lavorato anche nel cinema: ne ho viste e sentite così tante, mi creda".
Anche Guglielmo sorride disponibile: "Sono tutt'orecchi".
"Una di queste è stata appunto il litigio tra Walker e Plainview, in uno dei bar più eleganti di Beverly Hills. Sembrava un film eppure era tutto reale. Walker era così grosso e con quel sigaro cubano tra le labbra sembrava una specie di grande e potente mercante asiatico. Certi schiaffi dava a Plainview!".
Antonio mima il gesti violenti, dopo aver provato a ricordare l'enorme complessione di Walker. "Plainview invece non riusciva a toccarlo".
Guglielmo trova interessante questo particolare. "Non sapeva battersi, forse?".
Antonio corregge l'assunto presente nella domanda di Guglielmo e risponde con ironia: "Credo non lo facesse perché, come dicevano certe voci che circolavano, Plainview avesse paura di contrarre malattie toccando gli altri".
Guglielmo a sentire questo scoppia a ridere di gusto, ma si ricompone quasi subito. Si giustifica cercando di tornare serio: "Mi scusi, di solito non sono così volgare".
Antonio alza le spalle senza giudicare il comportamento di Guglielmo.

Lui continua a giustificarsi: "Mi divertiva la scena".
Antonio lo tranquillizza: "Oh, ma la capisco benissimo. È un motivo che può ben indurre al riso, in effetti".
Antonio ammicca e gli dice: "Sa, conobbi molto bene Walker. Diventammo grandi amici".
Guglielmo ascolta sbalordito e anche con una punta di invidia: "Davvero?".
Antonio si limita a dire: "Si". Poi prosegue perso nei ricordi: "Walker amava organizzare sontuose feste nella sua villa sul Boulevard. Mi invitava spesso: ogni volta mi sentivo come su un set di un diverso, grandissimo, film. Il più bello di sempre".
Guglielmo non può che dire: "Non so cosa avrei dato per partecipare a una di quelle feste".
Antonio comprende il desiderio di Guglielmo: "Lo credo bene". Prende una pausa e poi riprende, dopo aver raccolto tutto quanto vuole dire:
"Fu proprio durante una sua festa che Walker mi portò nel suo immenso studio privato. Mi creda, non ho mai visto tanti libri come in quella stanza".
Guglielmo commenta: "Vedendo i suoi film si capiva che aveva una vastissima cultura".
Antonio annuisce: "È proprio così. Sapeva tutto e sapeva parlare di tutto. Walker mi regalò la sceneggiatura firmata. Senza dire una parola sul perché lo fece. E io mai glielo chiesi".
Guglielmo lo fissa stranito e pesa le parole, incerto.
"E come mai è in vendita?".
Antonio sorride, allietato dall'equivoco. "Oh, non penso di venderla".
Guglielmo è dispiaciuto. Antonio se ne accorge e gli sorride con urbanità:
"Perché, vuole acquistarla?".
Guglielmo ripone la sceneggiatura sullo scaffale da dove l'ha presa

e risponde fin troppo grave: “Vorrei, ma non posso permettermela”.
I due tornano giù. Stavolta Guglielmo precede Antonio.
Una volta tornato dietro la cassa, Antonio si offre con gentilezza: “Se vuole, può venire a leggerla ogni volta vorrà”. Dietro di lui c'è il poster di *A Dangerous Method.*
Guglielmo ribatte con ritrosia: “Non vorrei disturbare”.
Antonio minimizza: “Nessun disturbo. Il mio negozio e i miei ricordi sono sempre a disposizione di tutti”.
Antonio allunga la mano: “Mi chiamo Antonio. Piacere di conoscerla”.
Guglielmo stringe la mano di Antonio: “Guglielmo. Il piacere è tutto mio”.
Antonio gli porge il funko di Brando in *Il padrino*: “Lo prenda. Glielo regalo”.
Guglielmo attonito si lascia dare il pupazzo. Si rigira tra le mani la scatola e quasi balbetta per la sorpresa e per la gratitudine: “È rarissimo, fu realizzato per la director's cut”.
Felice, guarda Antonio. Il suo volto si apre in un largo sorriso: “Antonio, penso che questo sia l'inizio di una bella amicizia”.

L'UOMO UCCIDE, IL SILENZIO PURE

David Francis Zagnoli Andrea

Andando a trovare mio nonno paterno in ospedale, mi sono imbattuto nella persona che occupava il letto vicino al suo: una donna in coma. Prima di entrare nella stanza, sono dovuto passare in mezzo a due infermiere che, ferme sulla porta, guardavano dentro, mentre si coprivano la bocca con la mano, sconvolte, bisbigliando qualcosa tra di loro.
La donna sul letto aveva ematomi sul volto e sulle nude braccia. Sicuramente sotto la vestaglia bianca, il colore dei lividi, violacei e neri, copriva gran parte della sua carnagione chiara. Il motivo della tragedia non è difficile da intuire.

Ogni città ha le proprie tragedie personali. Spesso, non casualmente, tragedie consumate negli appartamenti di palazzi fatiscenti, lontani dalla misericordia degli occhi di Dio che ha perso le speranze in loro. Blocchi di edifici distanti temporalmente dalle pennellate degli imbianchini da almeno cinquanta anni. Blocchi di cemento che sanno di sporcizia e nicotina misto a catrame e cemento. I condomini sono pieni di gente semplice, molti faticano ad arrivare a fine mese, e sarebbero disposti a darsi al crimine se ciò permettesse a loro di svoltare vita una volta per tutte.
Spesso nel cuore della notte inizia il diabolico concerto, a partire dalle grida di quelli al al terzo piano:
"Sei una puttana!" dice qualcuno, seguito dal rumore dello schiocco di uno schiaffo.
"Una lurida puttana!" continua. E, a seguire, altri due schiaffi.
Il pianto sommesso della donna inizia a farsi sentire. Ma ciò non ferma l'uomo:
"Puttana!" le urla nuovamente contro, sputandola in piena faccia e

sferrandole un paio di calci. Dal rumore quasi tenue sembrava l'avesse colpita in pancia.

Le mura del palazzo sono sottili, e non serve un orecchio da musicista per riuscire a sentire le parole dell'uomo. I vicini di casa, quelli del piano di sopra, quelli al secondo piano e addirittura alcuni del piano terra sono svegli, sul letto, con gli occhi aperti, consapevoli di quello che stava accadendo e consapevoli di poter salvare la donna. Decidono di chiudere gli occhi e di girare il volto dall'altro lato del cuscino, convincendo sé stessi che non c'era bisogno di intervenire in alcun modo. Questa decisione non è nata dalla paura dell'uomo, no, è nata per non avere noie e seccature.
"D'altronde il problema è della coppia, io non c'entro in questa storia" pensa ogni singolo inquilino.
"Ahia!!" grida la donna del terzo piano a squarciagola. Di nuovo, nessuno interviene. Anzi, qualcuno, addirittura, si sente seccato da questa situazione e vorrebbe solo che l'uomo non la facesse gridare, perché i suoi lamenti disturbano il sonno altrui. Al risveglio, si sentono veicoli sfrecciare e si vedono luci a intermittenza, blu e rosse, che nelle tende alle finestre.

Qualcuno si affaccia e vede un ambulanza, e, vicina ad essa, due operatori sanitari che portando la donna maltrattata, sdraiata sul lettino e senza coscienza, all'interno del veicolo.
Tutti si sentono un po' colpevoli.

Nessuno previene mai situazioni simili, tutti aspettano il punto del non ritorno, quando ormai è troppo tardi. La donna, ora, è in coma.
La polizia ha interrogato i condomini e da tutti ha ricevuto la stessa risposta: "Non era la prima volta che la picchiava".
"Perché non avete denunciato?" chiede un poliziotto, con il

taccuino e la penna in mano, mentre segna le testimonianze altrui. L'uomo, sulla porta di casa, in accappatoio, non sapendo cosa rispondere fa spallucce. Poi, qualche secondo dopo, prova a giustificarsi. "Perché non pensavo potesse mandarla in coma".

Il femminicidio sta crescendo, ed è una piaga. Molti credono che la propria donna sia una proprietà. Inutile dire che non è così. La donna è una persona con una volontà propria.
Uomini bigotti che non capiscono che la relazione è un volersi bene a vicenda e se questo bene non venisse contraccambiato, allora la relazione non è degna di chiamarsi amore. Per questo, quando la donna vuole mettere la parola fine ad una situazione malata, l'uomo che si sente padrone e proprietario, impazzisce e diventa violento.

LA BANCA APRE SEMPRE ALLA STESSA ORA

Antonio Picciallo

Cosa c'è a metà di un gesto, tra compierlo e non compierlo? Non è la rabbia, né la paura. È la disperazione!
La banca apre sempre alla stessa ora, puntuale. Quello è il momento migliore, ci sono pochi clienti. Filiale di periferia, due soli impiegati, l'ideale. Speriamo di trovare parcheggio nei paraggi, non ho voglia di fare troppa strada a piedi. Aspettare lì davanti al freddo non mi va. La telecamera mi riprenderà, non m'importa. Se serve sono disposto anche a…

La banca apre sempre alla stessa ora, puntuale. I soliti gesti: accendi il terminale, stampa il listino dei cambi, apri la cassaforte, prendi la posta nella Giano. Gesti rituali, resi automatici dalla ripetizione. Poi, aspettare i clienti.
Girarsi le banconote tra le dita come in un gioco da tavolo, scambiarsi ricchezza e povertà tra poche battute sbiadite: "Buongiorno", "Oggi è davvero freddo, per questa stagione non è normale", "Vorrei l'estratto conto", "Che bella cravatta!", "Arrivederci"; tra sguardi fugaci e sorrisi di circostanza appena abbozzati. Alcuni clienti sono cordiali, altri indifferenti, pensano solo a quello cui hanno attaccato il cuore: i soldi, il loro vero e unico tesoro!
Il mio lo vorrei diverso. Pulito, sincero, gentile, grazioso, secondo verità, secondo giustizia… secondo il mio cuore insomma!

Cos'è che conduce a gesti estremi?
Non è la rabbia, né la paura. È la disperazione!
La banca apre sempre alla stessa ora, puntuale. La doppia porta suona. La persona, faccia pulita, è nella bussola. La voce registrata avvisa di depositare gli oggetti metallici negli appositi sportelli

all'esterno.
"Apri, sentiamo cosa vuole!" esclama dalla sua stanza il direttore.
Premo il bottone rosso. Le porte si sbloccano.
Sono in piedi dietro il plexiglass del bancone, lui è in piedi oltre il plexiglass nel centro del salone. Il freddo del ferro gli gela la mano. La vista del ferro mi paralizza l'anima.
"La borsa o la vita!". Frase fatta e desueta.
Quale borsa e quale vita? La mia, la tua, le nostre di fronte, occhi negli occhi in uno sguardo infinito.
"Dammi tutti i soldi che hai!".
Quali soldi ho? Il gelo oggi mi rallenta i pensieri, mi blocca i movimenti.

Cosa c'è a metà di un gesto, tra compierlo e non compierlo?
Sia pure un movimento piccolo, come quello di un dito, poggiato su un grilletto?
Oggi è freddo, troppo freddo per essere normale.
Un suono secco rimbalza tra le pareti.
Non è la rabbia, né la paura. È la disperazione!

Sdraiato sul pavimento, guardo le plafoniere del soffitto. Non le avevo mai viste così. Non hanno nulla di particolare ma la loro forma regolare oggi mi sembra elegante, aggraziata. A volte basta cambiare prospettiva per vedere le cose in modo diverso. Piccoli movimenti, anche impercettibili, come lo sbattere delle palpebre o quello di un dito, poggiato su un grilletto, e ti cambia la vita.
La luce gialla dei neon riempie tutta la mia visuale. Non vedo altro.
Un sapore dolce acidulo m'inonda la bocca. Sento freddo, davvero freddo. Per questa stagione non è per niente normale!

La banca apre sempre alla stessa ora, puntuale. Entri e ti metti in coda col numero in mano. Qui non ci sono furbetti che passano avanti. Qui la vita non è in proporzione alla borsa ma alla grandezza del cuore. Non si fanno sconti né preferenze. Quando è il tuo turno, ti presenti alla cassa e riscuoti il dovuto, ciò che hai messo in deposito.

Si è fatto buio per un attimo.
Ora rivedo la luce: bianca, sincera, gentile, graziosa, secondo verità, secondo giustizia...

LA SPIA CHE SPIA CHI SPIA

Ludovico Sora

L'ultima volta non ho avuto soddisfazione. Ci sono diversi aspetti da considerare, a essere sinceri. Il prezzo è davvero ottimo, non si può dire nulla. Anche il tempo d'attesa per il taglio... Praticamente nullo, efficientissimi. Entri, c'è già qualcuno disponibile per te, che ti chiede come lo vuoi, magari fate fatica ad intendervi per la lingua, ma con il book fotografico dei diversi set di taglio disponibili si può comunicare in maniera funzionale. Appena vuoi qualcosa fuori dallo standard però, non ci siamo proprio, e alla fine son rimasti un sacco di ritagli cortissimi di capelli fastidiosi e acuminati tra il collo della maglia ed il collo mio, per il resto della giornata. Fino alla doccia, han torturato le azioni quotidiane più semplici. E col tempo, la ricrescita ha mostrato un taglio poco omogeneo, che disordina l'equilibrio della testa.

In un altro posto, una catena commerciale che si atteggia a bottega artigianale - non riuscendoci - c'era troppa confusione, che poi alla fine c'era rassegnazione al taglio tipo quando porti il cane a tosarlo. Della serie che una ragazza ti mostra i tagli che offre, una raccoglie i tuoi commenti, qualcun'altra poi ti sforbicia a caso e impomata cercando di venderti la crema. Ho sentito di essere come i pezzi da montare in serie de *I tempi moderni*, senza un Charlie che si occupasse amorevolmente di me, a costo di bloccare il sistema.

E la base? La buona bottega del quartiere... Sì, cioè no, perché oltre agli orari improponibili di appuntamento, non posso mica prender ferie per tagliarmi i capelli, no? Poi invece le prendo, ritaglio 2 ore, arrivo e aspetto mezzora, sui divanetti d'attesa, quando mi mette sotto le forbici, mi viene violata l'intimità con domande a cui neanche alle amiche o amici più intimi son concesse risposte. Io, mentre son lì, mi voglio vedere tranquillamente gli sketches di striscia che fanno gli occhi a mandorla. Esperienza distrutta da una fattura che mi spinge ai dreadlocks.

Comunque, questo pomeriggio dò una possibilità a uno nuovo, speriamo, com'è che m'è stato indicato non ricordo bene, ma qualcosa più simile ad essermi stato indicato che consigliato. Mia zia è l'unica a cui l'ho detto, dell'idea di andarci. Non avevo alcuna idea della zona prima, e neanche dopo il suo "*Ah. Ma è un quartiere di froci quello*". Mi fa sempre strano come gli anziani vecchi dicano parole come frocio o negro, ignari di ogni contenuto, vero contento, come dicono amministratore delegato o commendatore della repubblica, che pensi di conoscere. Perché non dicono gay o di colore, equiparabili a Cybersecurity o aggiotaggio.

Intanto butto un occhio sulle notizie e sullo schermo vedo la copertina d'una rivista con st'attrice, con un taglio perfetto, potrei forse usarla come esempio? Echeccazzo però non vale: c'hanno un entourage che lavora ad ogni singola piega. E poi mica era nera la ragazza? L'avevo vista in un paio di clip musicali, me la ricordo molto meno bianchiccia che in questa copertina (divina).

E quindi come mi presento? Con che idea di taglio, cioè vado di taglio mio classico per testare le capacità sue, oppure a sto punto vedo che mi propone, se ha idee buone, e vengono bene? Poi mi pento. Sicuro.

Scorro la home e becco in una foto il taglio che rincorro da tempo.

E poi non chiedo mai. Mi tiro indietro sempre alla fine, non so se per sfiducia nel risultato su di me o per l'alto rischio di un fallimento totale se non venisse proprio come lo voglio e quindi vomitare tutta la tensione e frustrazione e paura e rabbia e tensione sulla povera persona che in quel momento ha avuto la sfortuna di avere pettine e forbici. In questo caso, il taglio fa un effetto strano sui capelli quasi neri, di solito son sul biondo scuro, ma tinti per l'occasione per combinarsi con il blackface del personaggio, che viene infatti commentato nell'articolo a cornice dell'immagine. Sulla versione marrone chiaro o biondo scuro son meglio. Il problema è che bisogna sempre curarli in quel taglio, lasciati a se stessi fanno effetto trasandato.

In questi periodi è un'ossessione! Guardo la gente e vedo solo un taglio con sotto una persona attaccata per lo scalpo. Come adesso che devo distogliere lo sguardo da sta ragazza perché metà di mille sul mezzo se la mangiano con gli occhi e l'altra metà guarda aggressiva per il ribrezzo dei trans e io furtivamente ammiro la sua messa in piega azzardata e coraggiosa, colpevolizzando il mio sguardo magneticamente attratto dalla combinazione di meches, ciocche e coppino rasato.

Non ho preso appuntamento, ho una tattica con piano di fuga. Entro inaspettatamente, per una consulta, e solo discutiamo del taglio che vorrei, di consigli, di disponibilità. Lascio intendere che ancora non so quando potrò liberarmi, chiamerò io. Forse. Chiamerò dopo aver procrastinato l'abbastanza a lungo di cui i miei processi cognitivi hanno bisogno. Se la frangia negli occhi non mi avrà portato una cataratta prima.
Google gli dà recensioni buone, né stratosferiche pompate e neppure basse, con un numero verosimile di feedback. Il che non vuol dire nulla. Mi è stato indicato e avere un nome in queste cose,

anche se non sai da dove viene, è come una parola scritta in rosso in un testo. Mi ci aggrappo non sapendo ancora se è rossa perchè errore o perchè termine chiave o solo un hyperlink già usato. L'hyper testo è l'equivalente cognitivo di quello fisico del portale dimensionale di Star Trek. È la soddisfazione del taglio azzeccato al primo colpo la prima volta, economico, duraturo.

Mi guardo la street view per ambientarmi nella via ed evitare l'imbarazzante ma anche euforico effetto turista. E passo scostandomi, a cercare di distinguere i numeri civici camuffati come vietcong sulle facciate. Vietcong crescenti o decrescenti. Vietcong con le lettere, che mi fanno incazzare, tipo 21A, B, C, D quando pensavo di essere arrivato al 23. Vietcong camuffati da targhe alla memoria, facciate di palazzi, bandiere multicolori, affiche diritti umani, lavori in corso, alberi e insegne. Effetto turista inevitabile al vietcong camuffato da saracinesca abbassata del parrucchiere. Effetto ebete al notare un foglio stampato e affisso in copie, in vari punti della saracinesca, da poco ridipinta di colori accesi. Odio i fogli stampati in piccolo che non puoi leggere facendo finta di niente, facendo finta che loro si son spinti nel tuo campo visivo. Quelli piccoli devi comprometterti, avvicinarti a leggerli, esporti alla complicità implicita del lettore. Perché scegli di leggerli, e per qualche meccanismo strano azionato dagli algoritmi dei feed da social network e motori di ricerca, se leggi sei implicitamente d'accordo. O almeno così potresti sentirti. O almeno così potresti apparire. Ma il mio cazzo di taglio è troppo importante devo leggere.

"CHIUSO PER SOSTEGNO MORALE al bar Il Tulipano (civico 35) il cui titolare è stato brutalmente picchiato da persone meschine e alimentate dall'ignoranza dell'odio razziale e di genere. Insieme alla salute del bartender tornerà petalosa la serenità nel quartiere, l'attività de Il Tulipano e di questo negozio. Se volete aiutare la causa dei diritti civili, il cui sostegno è necessario visti gli avvenimenti di cui sopra, siete i benvenuti alla sede de Il circolo del Gelato, al civico 4 della traversa qui a sinistra, chiedete pure del titolare di questo esercizio".

Questo mi ha mosso. Mi ha mosso perché mi ha toccato nell'intimo, nel profondo delle mie morbose necessità del taglio. Quindi è così che funziona? Per rendersi conto della necessità bisogna esserne toccati? Con chiarezza ricordo ora di aver letto di questo posto per essere stato imbrattato di scritte omofobe e insulti. Rivedo tutto il percorso che mi ha portato qui sotto una nuova luce, più chiara. Mi rendo conto, di colpo, di sguazzare in clichés maleodoranti e incartapecoriti alla cui puzza ho fatto l'abitudine poco alla volta.

Intanto, con questo amaro gusto in bocca, ho preso il marciapiede verso Il circolo del Gelato.

ZIA BAMBINA

Beniamino Cardines

C'è stato un tempo in cui le donne non potevano parlare.
C'è stato un tempo in cui le donne non avevano nessun diritto.
C'è stato un tempo in cui nascere donna era visto come una disgrazia.
C'è stato un tempo in cui l'amore, per una donna, era qualcosa a cui arrivare attraverso lunghi giorni di agonia.

Amava il teatro più di qualsiasi altra cosa, più di chiunque altro. Fatta eccezione per il Conte Bava, lui era intoccabile.
Lo aveva conosciuto vent'anni prima. Indovinate dove? A teatro, dietro le quinte. Durante la preparazione di una complicatissima messa in scena del Re Lear di William Shakespeare.
Amore amore amore al primo e ultimo sguardo! Tournée folgorante, con lanci di rose e petali profumati ogni sera, da far morire d'invidia Eleonora Duse.
Lei, mia zia, poco più che quarantenne. Lui, il Conte, poco dopo i cinquanta. Semplicemente loro, due primi attori o, come qualche maligno mormorava dietro i sipari, due primissime attrici. Questa voce puntualmente smentita dai lunghissimi e appassionati baci scambiati in scena. Labbra incollate a sospendere il fiato. Loro erano di una bellezza e sensualità mai più viste. Un grande amore, sì, ma ognuno abitava a casa sua.

Il Conte Bava viveva in un antico palazzo signorile dai fregi rinascimentali. All'entrata, grande arco, porta per vecchie carrozze e cavalli con paraocchi. Dopo l'arco, una specie di piazzetta, quindi appariva un monumentale porticato, impreziosito all'interno da un giardino con fontane guizzanti a tutte le ore. L'acqua era viola,

sembrava di stare davanti a una cascata di ametiste di Jaipur.
Zia Bambina viveva in una grande villa con giardino fiorito tutto l'anno. Mai una stagione senza fiori, anche con la neve fuori. Un posto incantato che forse lo era davvero. Da bambina, andarle a fare visita, era sempre un avvenimento molto, molto speciale. Il più speciale. La notte prima non dormivo affatto. Restavo sveglia a fantasticare su ciò che avrei visto e trovato dentro quella casa incantata. Costumi di teatro, quadri, sculture, ceramiche, tendaggi, drappeggi e tappeti colorati provenienti da mezzo mondo. Zia Bambina era tutto questo, un mondo esagerato, un mondo ricco, avventuroso, sfacciato. Sì, lei era una donna sfacciata. Una donna che aveva saputo prendersi dalla vita tutto quello che voleva, ogni capriccio, ogni lusso, ogni uomo. Tanti uomini, tutti ai suoi piedi!

Il Conte, però, non era solo uno dei tanti ammiratori prostrati davanti alla regina del teatro. Il Conte era anche un attore di massima celebrità. Un fuoriclasse conosciuto ovunque per il suo Amleto carico di fascino oscuro. Il più grande Amleto della sua epoca. Per zia Bambina, essere amica, collega e amante del Conte era come il coronamento di una carriera che andava oltre le possibilità del suo tempo.

C'è stato un tempo in cui le donne non potevano parlare.
C'è stato un tempo in cui le donne non avevano nessun diritto.
C'è stato un tempo in cui le donne non erano proprietarie nemmeno del loro corpo, della loro vita, figurarsi poi...
C'è stato un tempo in cui nascere donna era visto come una disgrazia.
C'è stato un tempo in cui l'amore, per una donna, era qualcosa a cui arrivare attraverso lunghi giorni di agonia. Abitudini, sospiri, lividi e cinghiate da mariti scelti da famiglie troppo avide per pensare alla felicità delle loro figlie.

C'è stato un tempo in cui le donne erano semplice merce di scambio. Per la pace, per la guerra, per concordare alleanze che poi finivano nel più bieco tradimento e nella miseria umana più triste, quella in cui i confini si disegnano con i corpi violati, con le lacrime, con lo stupro di bambine poco più che bambole.

Zia Bambina si era ribellata a tutto questo. All'ipocrisia, alla fame, all'indecenza delle tradizioni che cercano di schiacciare qualsiasi palpito di libertà, di novità, di futuro. Zia Bambina aveva trovato il coraggio di dire basta, segnando una traccia forte, un solco profondo per tutte noi venute dopo di lei. Una traccia potente come l'orma di un gigante, impossibile da non vedere, importante.
Zia Bambina dalla vita ha voluto solo cose belle. Le ha volute con tutte le sue forze e le ha ottenute. La sua vita è stata cosparsa di successi e bellissime storie d'amore con nessun uomo che non fosse da copertina.
Zia Bambina, dove sei? Dove sei oggi?

Zia Bambina è morta ieri, di cancro alla faccia. Impossibile truccarla. Negli ultimi mesi non usciva più, era diventata un mostro.

CADUTA NEL BUIO

Debora Brera

Ero solo, ero rimasto fottutamente solo dopo che i miei compagni si erano decisi a cercare aiuto. Non erano riusciti a recuperarmi scendendo per la parete della montagna da cui ero scivolato come uno stupido, senza fortunatamente ammazzarmi. Per di più il telefono satellitare si era rotto, insieme forse a qualche parte del mio corpo, durante la caduta. Così ci era stato impossibile segnalare la nostra posizione e informare le autorità per i soccorsi. La mia solita sfiga.

Una volta rimasto solo, essendo ancora giorno, dovetti fare i conti con il mio corpo. Scoprii, calata ormai l'adrenalina, che con molta probabilità mi ero rotto il polso sinistro. Muovendolo, potevo vedere le stelle ben chiare davanti ai miei occhi. Grazie al cielo, gambe e piedi si erano salvati e avrei potuto camminare. Pensai per prima cosa a cercare nei paraggi un riparo per la notte, nell'eventualità che il mio gruppo non fosse tornato in tempo. Iniziai quindi a guardarmi in giro, sapendo che muovermi da lì non era la scelta più saggia, ma non potevo immaginare quando ci saremmo rivisti.

Recuperai lo zaino caduto lì vicino contenente provviste per almeno un paio di giorni e un sacco a pelo dove ripararmi dal freddo della notte.

Caricato in spalla, facendo attenzione al polso dolorante, iniziai a camminare in quella folta foresta baciata dai raggi di sole che mi scaldavano a tratti tra un albero e l'altro e mi permettevano di non perdere la testa nella mia solitudine e nella paura. Fino a poche ore prima mi sembrava una giornata fantastica, il mio solito week-end con il mio gruppo di trekking immersi nella natura, lontani dalla vita frenetica del lavoro e dei problemi di tutti i giorni, una boccata d'ossigeno dal pensare quotidiano. Tutto ciò si era trasformato in

un terribile incubo da cui purtroppo non mi ero ancora svegliato. Dopo aver costeggiato la parete rocciosa della montagna per qualche chilometro, trovai uno scavo nella roccia grande abbastanza per potermici infilare dentro e mi avventurai all'interno al massimo per una decina di metri con la torcia accesa. Non proseguii oltre, onde evitare di fare spiacevoli incontri. Quello che mi si presentava davanti era più che sufficiente, ragni di varie dimensioni appesi al soffitto e altri insetti che si arrampicavano sulla parete di quell'insenatura, probabilmente più avanti mi sarei imbattuto anche in qualche pipistrello. Meglio fermarsi qui.
Mentre da fuori la luce iniziava a sparire con l'arrivo della notte, stesi il mio sacco a pelo e mangiai uno dei miei panini preparati la mattina, che mi riportarono a casa per brevi istanti. Terminato il pasto decisi di dormire, dando modo al giorno seguente di arrivare prima. Lasciai la torcia accesa, sperando che quella sola luce potesse proteggermi da qualsiasi cosa avrei potuto incontrare in questa caverna.
Mi svegliai credendo di essere a casa, mentre nel mio sogno cercavo di allontanare Shadow, il mio cane che mi leccava la faccia. Proprio un sogno non era, prima di rendermene conto stavo davvero allontanando dalla mia faccia qualcosa di peloso ed umido, che puzzava di bagnato. Sentì uno scrollìo e uno zampettare non poco distante da me. Non ero più solo e avevo una dannata paura di aprire gli occhi. Con chi stavo condividendo quel posto angusto? Aprii gli occhi e cercai di indirizzare la luce della torcia verso la parete sperando che ciò che avessi incontrato scappasse via ai miei movimenti. Appena il mio sguardo e la luce della pila elettrica incontrarono gli occhi vitrei di alcune figure sentì solo un ringhio e la torcia mi volò dalla mano destra dalla paura.
Attesi un inevitabile attacco che inspiegabilmente non arrivò e con il mio coraggio che stranamente non mi aveva ancora abbandonato

recuperai la torcia e inquadrai di nuovo quelle figure, rannicchiate dall'altra parte della caverna. Un lupo, femmina a giudicare dai tre cuccioli che le giravano attorno come una calamita, si era intrufolato lì dentro, con molta probabilità era il loro riparo e io ero l'intruso. Mi sentivo come un coniglio in trappola.
Per qualche motivo sconosciuto non mi aveva ucciso all'istante e reso la colazione dei suoi cuccioli, visto l'ora. Senza fare troppo rumore o movimenti bruschi presi qualche barretta dal mio zaino, le scartai e iniziai a lanciarne dei piccoli pezzi al centro della stanza. Volevo che capissero che non ero un pericolo e non avrei dato loro fastidio, ero solo una persona di passaggio nel posto sbagliato al momento sbagliato.
Con mia sorpresa, la madre si avvicinò al cibo, lo annusò per qualche minuto e quando fu certa ingurgitò qualche pezzo prima di dare il permesso ai cuccioli di mangiare, sempre tenendo gli occhi fissi su di me nell'eventuale ipotesi che potesse essere una mia trappola.
La osservai dalla mia estremità, per la mia scarsa conoscenza di questa specie mi sembrava un esemplare in forze, dal pelo folto e luminoso. Mi stupii che non fosse presente tutto il suo branco, ma allo stesso tempo ne gioì pensando che gli altri lupi avrebbero potuto non essere così clementi. Solo dopo che mi rilassai, capendo che non ero al momento in pericolo, notai che uno dei cuccioli aveva qualcosa di spesso attorno al collo, che lo stringeva. Non ne sembrava infastidito, ma crescendo avrebbe potuto strozzarlo fino ad ucciderlo.
Con ancora più stupore di prima, quel cucciolo si avvicinò incuriosito dalla mia figura e iniziò prima ad annusarmi, poi a leccarmi il mento folto di barba. Forse era lui il piccolo animale peloso e bagnato che mi aveva svegliato leccandomi, incurante di cosa io fossi. La sua curiosità aveva vinto su un'eventuale paura o pericolo.

Inizialmente non mi permisi di accarezzarlo, facendo un gesto incosciente che mi sarebbe costato la vita, ma così vicino mi diede la possibilità di osservare il cappio di acciaio che aveva al collo. C'erano segni evidenti di denti attorno, la madre aveva cercato di romperlo senza successo. Chissà da quanto tempo era prigioniero di quel laccio e dove si era incastrato, in qualche trappola di cacciatori e la curiosità che aveva mostrato con me gli aveva giocato una brutta sorpresa precedentemente.
Fu allora che mi ricordai della mia pinza multiuso da montagna, un aggeggino che era tornato molto utile in altre occasioni e che aveva superato il coltellino svizzero, anche MacGyver l'avrebbe apprezzata. La estrassi da uno dei miei tasconi sulla gamba sinistra, la sbloccai e lentamente mi avvicinai al muso del lupacchiotto. Avrei tanto voluto usare la mano sinistra per accarezzarlo e fargli capire che non gli avrei fatto nulla, ma il polso faceva troppo male e non riuscivo proprio a fare pressione. Mi balenò l'idea di strusciare il mio viso sul suo muso dal pelo arruffato e che odorava di cucciolo, un po' come faceva il mio cane quando era alla ricerca di coccole. Pian piano allungai la mano destra dove tenevo la pinza e cercai di allargare uno di quegli anelli di metallo in modo che il collare si sganciasse. Non era impresa facile con un polso rotto che non potevo usare, un cucciolo di lupo pieno di energie che continuava a muoversi e una madre che mi fissava incerta, pronta a scattare ad un mio passo falso.
Finalmente il collare iniziò ad allentarsi e lo feci scendere lentamente per terra, il cucciolo era salvo e io non potevo crederci. Mi accorsi solo in quel momento che era subentrata la luce esterna a segnalare l'inizio del nuovo giorno, sarei rimasto lì ad osservarli ma era il momento di tornare dove ero caduto nella speranza che qualcuno venisse a salvarmi.
Uscii da quella insenatura e mi misi in cammino, per tutto il

ritorno ebbi la sensazione di essere seguito dalla lupa fino al punto della caduta, dove ritrovai i miei compagni e dei soccorritori, come se avesse voluto seguirmi per avere la certezza che non mi sarei smarrito.
Ricongiunto al gruppo, non feci parola di quell'incontro, avrei tenuto quel ricordo solo per me, in un certo modo ci eravamo salvati la vita a vicenda, lei vegliando su di me, io salvando ciò a lei più caro.

VENTICINQUE PAROLE

Alice Galimberti

"Descriviti in una frase!".
La recruiter è seduta alla scrivania davanti a me e mi osserva, facendo scattare la penna automatica. Aspetta solo di potermi cogliere in fallo.

Da quando sono entrata in questa stanza, è almeno la quinta volta che mi chiedo cosa ci stia facendo qui – ma non ne sono così certa, potrei essermelo già chiesta qualche volta in più. Non mi è stato dato il permesso di sedere da nessuna parte. La prima cosa che ha voluto vedere questa donna è stata come camminassi, anche se la mansione che avrei dovuto svolgere mi avrebbe inchiodata a una scrivania per otto ore al giorno.

Non v'è dubbio che siamo due donne agli antipodi. Mi ha accolta negli uffici dell'azienda con i suoi tacchi vertiginosi, una raffinata camicetta in pizzo e una gonna aderente che mette in risalto il fisico tonico e slanciato; io mi sono presentata con degli stivaletti neri bassi, una camicia bianca a tinta unita e dei pantaloni grigi larghi per nascondere i fianchi e i chili di troppo su cui anni di diete e palestra non hanno sortito alcun effetto. Sto ipercontrollando il mio corpo. Evito di gesticolare, rimango ritta in piedi – stile militare costantemente sull'attenti – evito di rispondere ai commenti sul mio aspetto fisico mentre mi vengono esposte alcune clausole di politica aziendale.

Le domande che mi rivolge sono le più svariate. Il mio Curriculum Vitae non viene preso in mano nemmeno una volta; rimane inerte sulla scrivania e mi chiedo se qualcuno in quest'azienda lo abbia letto, anche solo per sbaglio. Alla richiesta di descriversi in una frase ci si aspetterebbe di vedere la persona davanti a sé crollare. Come si può ridurre una persona con le sue mille sfaccettature a una frase? Non si può; è un trabocchetto.

Nella mia mente risuonano cristalline le parole dei professori dei corsi di *Scrittura creativa*, *Sceneggiatura* e *Tecniche del racconto*: "Quello che conta è l'idea dietro al vostro racconto. Avete venticinque parole per attirare l'attenzione del produttore e convincerlo a leggere il vostro soggetto". La richiesta non mi sarebbe mai stata fatta se *Miss Perfezione* davanti a me si fosse focalizzata sulle mie capacità e non sul mio corpo, se in futuro vorrò o meno dei figli e quale lavoro facessero i miei genitori. Questa recruiter ha passato un'ora e mezza buona a sminuirmi e umiliarmi, ma adesso entra inconsapevolmente nel mio terreno di gioco in cui so dove si nascondono le principali insidie. Non mi scompongo, anche se è forte la tentazione di incurvare gli angoli della bocca verso l'alto e rivelare un sorriso cinico.

"Beh" mi sistemo una ciocca di capelli dietro l'orecchio e intreccio le dita delle mani, inspirando con calma "Se dicessi che sono una persona determinata, con un forte senso del dovere e null'altro non verrei presa in considerazione per un prossimo colloquio".
La recruiter annota qualcosa su un foglio e nemmeno mi guarda più in faccia."Quindi ecco la mia risposta" proseguo senza che mi dia il permesso "Non sarò esteticamente quello che state cercando, ma vi garantisco che so trovare l'errore nel modo in cui scrivete e come migliorarlo".
Lo sguardo della recruiter si alza dai fogli.
"Ah, ma davvero?" il suo tono è di sdegno "Ad esempio?".
"L'offerta di lavoro che avete pubblicato online, alla quale ho risposto *Cercasi un'assistente con meno di 30 anni"*. Le spiego senza staccare gli occhi da lei:

"La formattazione è inesistente, parla nei dettagli dell'azienda, ma non di quali sono le mansioni del candidato e quali benefits ci sono nel lavorare con voi. C'è una possibilità di crescita?".
Per la prima volta vedo la donna davanti a me cedere all'insicurezza e reagire come farebbe chiunque fosse convinto che l'unica opinione che conta sia la sua: nega l'evidenza e attacca.
"Cosa vuole saperne lei?!" e prende il mio curriculum dall'angolo della scrivania "Non vedo nessuna laurea in marketing!".
Sospiro, perché so già cosa sta per accadere. Mentalmente comincio a contare alla rovescia: tre, due, uno...
"Esca immediatamente da questa stanza e impari cos'è il rispetto!".
Come volevasi dimostrare. Me ne vado con passo deciso, senza voltarmi.

È chiaro che non sarò mai presa in considerazione per il lavoro e che la donna davanti a me stava già cercando una scusa per accompagnarmi alla porta nel minor tempo possibile, che entrambe abbiamo comunque sprecato. Almeno me ne sto andando con stile e ho usato meno delle venticinque parole richieste dai miei professori.

IL CAVALIERE DI ROSTFORD

Gerardo Almenzio Italo Coscia

La quiete dominava su ogni dove. Il sole stava scomparendo oltre le montagne e tutta la pianura, compresa l'immensa foresta che circondava il villaggio, erano ricoperti di una luce color rosso sangue. Un giovane cavaliere stava seduto su una panca di legno grezzo e osservava l'ambiente circostante nella speranza di un segno premonitore. Per lui non era un giorno primaverile come gli altri, per lui era l'ultimo giorno di quiete prima di partire per la cruenta battaglia a difesa di tutto ciò che per lui era più caro. Rostford era in fondo un reame molto tranquillo, conosciuto per l'ottima cucina e per i lavori in ferro battuto. C'era un castello di pietre bianche che luccicava alla luce del sole e, tutto intorno, vi erano case di contadini e artigiani. Non vi erano molti nobili e quei pochi che c'erano abitavano insieme al sovrano. A difesa della città, non c'era solo il muro di cinta che circondava l'intero villaggio, ma anche un fitto bosco che isolava dal mondo esterno; una sola strada era possibile prima di arrivare davanti all'immenso arco che permetteva ai commercianti e ai messaggeri di arrivare a Rostford. La vita nel villaggio era molto tranquilla e non succedeva niente di straordinario, a differenza di tutto ciò che succedeva nei villaggi intorno.

Il sovrano era molto vecchio e arrivò il malaugurato giorno in cui passò a miglior vita. Appena la triste notizia giunse oltre il bosco, Rastford divenne bersaglio facile di tutti i sovrani che volevano espandersi; non passò più di un anno che arrivò la prima dichiarazione di guerra da parte di uno dei regni vicini. Sarebbe stato uno degli scontri più importanti della storia di quell'epoca: vincere significava difendere i propri possedimenti, perdere significava invece portare un futuro incerto. Lui lo sapeva bene, e sapeva bene che tutti contavano su di lui e su tutti gli altri cavalieri, eppure non aveva paura della battaglia. Credeva tanto nella forza dei suoi compagni, a tal punto da essere certo che avrebbero vinto. Anche lui in fondo aveva qualcosa da difendere, non aveva possedimenti: lui viveva nelle caserme insieme a tutti gli altri cavalieri del regno, amava la sua famiglia ma c'era una persona che amava ancora di più: non conosceva il suo nome ma la vedeva spesso andare alla fontana che si trovava di fronte al suo dormitorio e gli piaceva osservarla mentre lavava i panni insieme alle altre donne. Era bellissima: aveva un viso scolpito, occhi in cui si poteva osservare l'infinità dell'universo, capelli lunghi e castani, una bocca delicata e una voce che sapeva incantare chiunque. Per lui era tutto questo, era un tramonto stupendo e lontano. Non aveva mai trovato il coraggio di fermarla per parlarle, aveva combattuto e affrontato avversari terribili ma di lei aveva più paura: o, per meglio dire, aveva paura di perderla. Come avrebbe fatto a trovare la forza di vivere se lei non lo avesse degnato uno sguardo innocente? Non conosceva nemmeno il suo nome e lui amava chiamarla Rimmel. Per lui Rimmel rappresentava il Destino: tutto è già scritto e lei ci indica la via da percorrere. Forse era per questo che si trovava lì e forse era anche per questo che aspettava ancora un segnale anche se piccolo.

Si era fatto tardi, le stelle ormai iniziavano a comparire e a brillare alte nel cielo, le luci del villaggio si stavano spegnendo man mano. Prima di andarsene, però, decise di fare una promessa al Vento: "Domani tornerò vittorioso, andrò da Rimmel e le dirò quello che provo" guardò il cielo e, tra i tanti astri, vide una stella cadente. Era quello il segnale di cui aveva bisogno. Tornò nel dormitorio più felice che mai e si mise a dormire subito; domani lo aspettava il Destino. Partirono presto, non era ancora spuntata l'alba che oltrepassato quel bosco e iniziarono a preparare gli schieramenti.

Lui era in prima fila, come tutti gli altri cavalieri al galoppo e dinanzi a lui si iniziavano a schierare le truppe nemiche. Si girò in direzione del castello e fece un segno di saluto. Una volta pronti gli schieramenti, si sentì una tromba suonare in lontananza e iniziò lo scontro. Le prime 5 fila di cavalieri diedero la carica e lui entrò tra le quelle nemiche. Era molto agile a schivare gli attacchi dei soldati nemici e a ucciderli; questo gli dava ancora altra grinta. Erano stati cresciuti per combattere e non si fermavano davanti a nessuno.
Tutto ad un tratto, il giovane cavaliere si accasciò a terra poiché una lancia lo aveva trafitto. Nessuno intorno a lui si accorse di questo e lo scontro continuava anche se per lui era quasi finito. Non aveva più forze e neanche il controllo del suo corpo. Aveva una fitta all'addome, proprio dove l'aveva trafitto. Per un attimo perse i sensi, chiuse gli occhi e iniziò a sognare. Si ritrovò in una corte, con la sua dama a dar vita a uno splendido valzer. Era tutto perfetto. Non mancava nulla. Lei era più bella che mai, i suoi occhi marroni, i capelli castani e mossi e il suo sorriso stupendo e un abito dorato. Non era la dama più bella del ballo, ma per lui era l'unica degna di nota. Per lei avrebbe fatto qualsiasi cosa, anche morire. Ricordava, come se fosse ieri, l'ultima volta in cui la vide e non ebbe il coraggio di dirle quanto la amasse.

Quando rinvenne si accorse che tutto era scomparso come un bel sogno. Era troppo tardi per avere i rimorsi, ormai non poteva più nulla. Lei era lontana, chissà dove, lui era a terra, come un fiore che stava appassendo. Supplicava Dio affinché gli desse la forza di poter tornare indietro, di poterla abbracciare, dirle che l'amava, darle il suo ultimo primo bacio. Niente accadde: lui era inerme lì, lo scontro si faceva sempre più cruento e i cadaveri aumentavano e si ammassavano per dar spazio ai soldati. Non mancava molto, erano gli ultimi attimi che gli rimanevano. Non voleva sprecarli.

Iniziò così a immaginarsi come sarebbe stata la sua vita se non avesse commesso nemmeno una scelta sbagliata. All'improvviso però gli venne qualcosa in mente che lo fece agitare, come negli ultimi istanti che ci sono prima di annegare. Nella sua testa si rianimò l'idea che non potesse finire così. Avrebbe dato tutto ciò che aveva, ogni ricchezza, pur di rivederla anche un solo istante, poterle sfiorare i capelli e toccarle la mano, ammirarla un'ultima volta e dirle con un fil di voce *ti amo*, proprio come nelle leggende che si tramandano di generazione in generazione.

Un'ultima fitta al cuore però lo riportò alla realtà, su quel campo di battaglia, tra quei soldati.
Era tutto finito. Pensò a quei poveri soldati, compagni o nemici, che avevano avuto la stessa sorte. Anche loro non potevano tornare dai propri cari e ormai era tardi per tutti, qualcuno era già morto, qualche altro stava per morire. Qual'era il prezzo da pagare? Tutte queste povere vite spezzate bastavano? Aveva vissuto una vita piena di errori ma in fondo sapeva che ogni errore lo aveva reso quello che era. Dai suoi occhi verdi gli scesero delle lacrime e tutto iniziava a diventare sfocato. Vide nella sua mente l'immagine di lei che si allontanava. Poi il nulla. Era tutto finito. La sua vita era nella leggenda, ma il suo amore viveva tra le stelle, tra i fiori a primavera, tra le foglie che cadono in autunno. Avrebbe rinunciato a tutto questo, anche diventare un umile servitore pur di riempire la metà del suo cuore. La sua anima si separò dal corpo e tutto d'un tratto si ritrovò esattamente dove il giorno prima era seduto ed era di nuovo sera. Sentì una voce leggiadra parlare in sottovoce: "La vita è ogni attimo che passa, ogni ricordo che resta. Siamo come quel tramonto; ora c'è, ma tra un po' scomparirà e verrà notte. Siamo disposti ad aspettare anche una vita intera in attesa di un segno, che ci dimentichiamo di vivere". Era la voce del Destino. Il corpo trafitto fu ritrovato in un bagno di sangue, le lacrime che gli

riempivano gli occhi e un sorriso che gli rallegrava il volto. In fondo era felice che il ricordo di Rimmel lo avesse accompagnato alla fine.

IL CAVALIERE E LA DAMIGELLA

Francesco Nicastro

«Come hai potuto? Come?»
L'urlo di disperazione risuonò per tutta la casa. Persino Alfred, che da tanti anni seguiva con interesse lo sviluppo di Rebecca, si preoccupò. Chiuso nella sua stanza all'interno della villa ottocentesca della sua famiglia, pensò che la vita avesse dato tanto ma tolto altrettanto a quella ragazza. Tese l'orecchio verso la porta chiusa, distinguendo nitidamente il suo scalpiccìo nervoso.
«Ti avevo chiesto di parlare con me prima!»
Le parole erano confuse, ma con un tono stridulo che fece chinare il capo ad Alfred, certo che il peggio dovesse ancora accadere. E così fu: entrò come una furia nella sua stanza, guardandolo fisso negli occhi. Le lacrime scendevano senza soluzione di continuità, gli occhi erano così rossi da sembrare alieni. Il telefono era ancora al suo orecchio.
«Scusa Alfie» disse, con un filo di voce, avvicinandosi a lui «Torno tra poco.»
«Sì, lo so che tornerai. Tu torni sempre da me» pensò, ma non riuscì a dirlo.

Era fatta così, Rebecca: capace di un sorriso che avrebbe potuto illuminare una stanza buia e altrettanto capace di rabbuiarsi come un pomeriggio d'inverno. Le difficoltà della vita l'avevano temprata, resa pronta a tutto, ma non a quella telefonata. Si sentì fragile, vulnerabile, nuda. E odiava quella sensazione. La barriera che ergeva davanti a tutti, che fosse un amico, un fidanzato o la sua famiglia, era ormai incrinata. Decise, in un impeto di autodistruzione, di bere fino a svenire per non sentire più il dolore che le lacerava l'anima.

Era già accaduto in passato, nonostante la sua giovane età, ma la ragione aveva sempre prevalso. Aveva troppo da perdere, troppo da raccontare, sapeva che la sua vita doveva ancora essere scritta. Stavolta, però, era diverso. Stavolta sapeva che nessuno sarebbe riuscito a placare il suo malessere, così andò in cucina e si versò del vino. Guardò quel liquido rosso come il sangue scendere e imbrattare le pareti del bicchiere, si adagiò sulla sedia e chiuse gli occhi. Il respiro ancora rotto dai singhiozzi, ma stranamente calmo. Decise di esorcizzare il suo dolore e pensò a lui. Fu come ricevere una frustata, un dolore vivo ma catartico.

Alfred, da par suo, decise che era il momento di mettersi in piedi. La pigrizia non era mai stata il suo forte. Si alzò con fatica, rischiò di scivolare un paio di volte, ma alla fine raggiunse il suo scopo.
«Ha bisogno di me» pensò.
Anche al buio avrebbe saputo trovarla. Il suo profumo era ovunque. E infatti la vide subito: adagiata sulla sua sedia preferita, vestita solo del suo completo da notte. Si fermò ad osservarla, senza disturbare. Un turbinio di pensieri e ricordi lo invase come uno tsunami. Il loro primo incontro, così casuale da sembrare una scena tratta da un feuilleton. L'amore incommensurabile che da subito li ha attanagliati. Le lunghe passeggiate. Le notti passate ad ascoltarla per ore, mentre si sfogava con lui delle delusioni amorose, degli uomini che non la capivano, della famiglia che non la capiva, della voglia insita in lei di farla finita per non soffrire più.
Eppure, nonostante tutto, Alfred sapeva che parlare con lui la faceva stare meglio. La calmava. E questo per lui era l'apogeo del loro rapporto. Muovendosi per avvicinarsi di più a lei, passò davanti all'enorme specchio del salotto. Si girò solo per un momento, guardando con mestizia il pelo sempre più bianco che aveva sul muso. Si sentiva stanco, si rendeva conto da solo che le

zampe non lo reggevano più. Aveva anche perso il conto degli anni passati insieme a Rebecca.
«Troppo pochi, comunque» pensò.

Arrivato finalmente accanto a lei, le toccò dolcemente la gamba nuda con la zampa tremante. Non sapeva come, ma era certo che una pressione più forte le avrebbe lasciato un graffio sulla sua pelle così delicata. Al solo tocco, lei aprì gli occhi.
«Ciao Alfie» disse lei con un tono di voce sommesso. Avrebbe voluto così tanto poterlo prendere in braccio come succedeva quando era cucciolo, ma ora i 60 chili di rottweiler diciassettenne erano troppi. Accarezzò il suo testone canuto e Alfred, con una smorfia, si adagiò per terra, intorno ai suoi piedi.
In quel preciso istante, Rebecca si rese conto che l'unica cosa giusta da fare era sdraiarsi a terra accanto a lui.
Facendo appoggiare il suo testone tra le gambe accavallate, pensò a quante volte lo sfogarsi con lui l'avesse calmata. Il non sentirsi giudicata ma solo ascoltata era stato un toccasana in tutti questi anni.
«A quanti miei uomini hai ringhiato, eh! E pensare che lo meritavano tutti!» disse con un misto di dolcezza e rammarico.
E cominciò a sorridere lentamente, pensando a tutti i momenti passati insieme.
Ecco cos'era Alfred per lei: la medicina per tutti i mali.
I suoi pensieri furono interrotti dal suono del telefono. Non volle alzarsi, era troppo bello stare vicini. Così lo lasciò squillare, certa che fosse nuovamente suo padre. Guardò dritta nei suoi occhioni nocciola, velati dalla cataratta. «Ti rendi conto? Mi chiama e mi dice che ha preso appuntamento dal veterinario per domani mattina. Io non voglio lasciarti andare, non voglio farti addormentare. Non è giusto. Ho bisogno di te» singhiozzò «Avevo nove anni quando sei arrivato, non posso pensare alla mia vita

senza di te!»
Alfred le leccò la mano, come faceva sempre quando stavano vicini. Rebecca sapeva che lui la capiva. Ne era certa. Si fece forza, placò il vuoto che sentiva dentro e cercò di ricordare i momenti belli, almeno per una volta.
«Guardati» gli disse «Nonostante la tua vecchiaia e i tuoi problemi sei ancora di una grassezza rara. Per carità, la colpa è anche mia, ma pure tu però! Ma ti pare normale salire su una sedia e mangiarti mezzo polpettone? Che cos'era, quattro anni fa? Che disastro che sei! Per non parlare di quando abbiamo trovato i cioccolatini mezzi scartati e tu in un angolo a rantolare dal mal di pancia.»
Risate, incontrollate.
Un toccasana per lei in questo momento. Si ritrovò a stringerlo forte.
«Ti voglio bene, Alfie. Sei meraviglioso.»

Alfred era stanco. Se ne rendeva conto. Ma non c'era nulla che volesse di più che sentirla usare un tono di voce allegro. Non voleva lasciarla, ma doveva. Alzò la testa e la inclinò a sinistra, come era solito fare. Lei stava ancora ridendo per le cose che diceva ad alta voce. «Grazie Rebecca, sei meravigliosa» pensò. E finalmente potè riposare.

Il momento in cui si rese conto che Alfred aveva smesso di respirare fu un'esplosione di emozioni. Dure come un maglio. Le lacrime le uscirono a fiumi. Ma c'era qualcos'altro. C'era la consapevolezza di essergli stata accanto fino alla fine, di aver evitato l'asetticità di un veterinario. La paura. L'oblio. Frastornata, allungò il braccio per prendere il telefono e chiamò suo padre.
«Si è addormentato» disse, piangendo. Dall'altra parte del telefono sentì cedere la voce di quell'uomo così severo da aver deciso da solo cosa fosse meglio per Alfred.

«Torno a casa al più presto» disse con voce rotta in gola. E attaccò. Rebecca si ritrovò ad accarezzare il suo Alfie come era solita fare.

I giorni successivi furono dolorosi. Rispondere a messaggi e telefonate di persone che cercavano di empatizzare con lei, sguardi di commiserazione delle persone che aveva accanto e quella mancanza incredibile che faceva sentire la casa vuota anche quando era piena di gente. Il dolore della mancanza è lacerante. È come una marea che a lungo andare erode anche i sassi. Ma basta un evento surreale, un regalo inaspettato e la marea smette di travolgerti. Accolse con un gesto di repulsione il regalo che le fece suo padre qualche giorno dopo.
Non voleva un altro cane, nessuno avrebbe rimpiazzato Alfred.Ma bastò, appunto, che quel cucciolo nero e paffuto la guardasse inclinando la testa a sinistra, come era solito fare lui. Forse fu un caso o forse davvero il suo cavaliere nero non la aveva abbandonata veramente.
Fu subito amore.
E finalmente un sorriso.

IL MIO CANE ROVER

Palma Cavallo

Peggy May allungò la manina verso l'interruttore ed accese la luce in cantina per vedere se il Babau era ancora lì.
Naturalmente c'era.
"Ciao" la salutò con la sua voce roca e biascicante.
"Ciao" rispose Peggy May.
L'angolo buio dove si nascondeva era appena sotto le scale e, da dove si trovava, la bambina vedeva solo l'alito fumante del mostro che si condensava nel freddo del sottoscala.
"Ma prego, entra" civettò mellifluo il Babau, quasi per abitudine e quando Peggy May lo ignorò, la cosa nel sottoscala capì che quella bambina non avrebbe mai varcato la soglia volontariamente.
"HHAAAI portato quello che ti ho chiesto?" gracchiò il mostro.
Peggy May si morse il labbro inferiore con i dentini da latte e si tirò il lobo dell'orecchio, cosa che faceva sempre per scacciare la paura. Mise la mano nella tasca del grembiulino e rovistò fra i suoi averi: un gettone dell'autoscontro, due caramelle gommose incollate ad un pastello a cera, il disegno dell'elicottero a cui la maestra aveva dato un bel dieci, un biscotto mezzo rosicchiato ed infine eccolo lì, il rotolino di spago rosso.
A Peggy May parve di vedere lo scintillio di un occhio giallo nell'oscurità che la spaventò a morte, ma non fuggì. Un verso gutturale di piacere si levò dall'angolo buio.
"Se te lo do, tu manterrai la promessa?".
"*OHHHSSIIII*" rantolò il Babau, sbavando.
"Va bene" rispose la bambina. Tenne il rocchetto nel palmo della mano e si sporse in cantina facendo bene attenzione a tenere entrambi i piedi dall'altra parte della porta. Il Babau urlò per la frustrazione.

"Hai chiuso gli *OCCHIII?*" sibilò, deciso a farla finita.
"Sì!" esclamò Peggy May, ed in effetti li aveva chiusi così forte che le facevano male le palpebre.
Poi sentì sciacqui e sciabordii provenire dall'angolo buio, mentre la massa informe del Babau avanzava e l'aria sembrava ritrarsi, generando una putrida brezza.
"Sto arrivando, piccola Peggy May" biascicò il Babau, ed in effetti doveva essere così, perché adesso la cantina era molto più fredda.
"Che brutto odore" pensò Peggy May. Sembrava l'odore del vento proveniente dal mare quando le alghe muoiono e si depositano a riva e non si può giocare sulla sabbia perché sennò ci si sporca, o dell'immondizia che era venuta fuori quando Rover aveva rovesciato il bidone del ciarpame in giardino e mamma si era arrabbiata tanto. Peggy May si accorse che pensare a Rover la faceva sentire meglio, il freddo diminuiva ed anche l'odore cattivo.
"Il pelo di Rover è giallo" cominciò a cantilenare "lui è grande e grosso, ha le orecchie lunghe lunghe, ha tre zampe gialle ed una bianca…"
"*SMEETTILAAAA!*" ululò il Babau, adirato. Per lui, che si nutriva di paura, l'amore che quella bambina provava per il proprio cane era insostenibile.
"Ha i canini lunghi lunghi e gli piace rosicchiare gli ossi…"
"Ho detto smettila!" rantolò il Babau.
"Il mio cane Rover ha gli occhi marroni e la coda lunga, quando è felice lui mi lecca la faccia…"
"*AHHH! AHHHH* ecco!" biascicò il Babau, debole ma ormai vicinissimo. Allungò l'artiglio sporco del sangue di mille bambini, ma riuscì ad infilzare solo il rotolino di spago. Un urlo di disappunto squarciò l'oscurità ma Peggy May era già scappata, sbattendo con forza la porta della cantina.

Quel giorno, all'asilo, Peggy May fu molto eccitata.

Disegnò Rover che giocava in giardino con un ramo e poi ancora Rover nella sua cuccia. Poi giocò a nascondino con Sandy, ma le riusciva difficile chiudere gli occhi senza vedere un occhio giallo che brillava nel buio.

Quando tata Mary la andò a prendere a scuola, Peggy May non vedeva l'ora di tornare a casa per giocare di nuovo con Rover, anche se un po' era intimorita, perché a casa c'era la cantina e nella cantina c'era... quella cosa.

"Spero che abbia mantenuto la promessa" pensò la bimba, immaginando già che al suo ritorno ci fosse Rover ad attenderla in giardino, Rover che le leccava la faccia e scodinzolava, Rover che abbaiava forte perché era ora di cena, Rover che le faceva compagnia nelle lunghe ore di assenza della mamma. Era così felice che appena giunta nel vialetto di casa scese fulminea dall'auto e chiamò a gran voce:

"Rover! Rover! Vieni bello!".

"Mia piccola Peggy May" disse Mary "lo sai che Rover non c'è più. Ne abbiamo già parlato!".

"No! Tornerà! Me lo ha promesso!" gridò Peggy May.

Corse per tutto il giardino, guardò nella cuccia, sotto il portico, nella siepe dove era solito seppellire gli ossi, ma Rover non c'era. Cercò anche in casa, in salotto sul suo divano preferito, in cucina dove era solito appisolarsi, cercò ovunque tranne che in cantina, ma di Rover nessuna traccia.

Alla fine, esausta, si rifugiò nella sua cameretta, con le lacrime che le rigavano il viso.

Quella sera non volle cenare, né guardare la nuova puntata del Drago Brontolone in TV e non si alzò dal lettino neppure quando la mamma tornò dal lavoro. Nascosta sotto le coperte, la sentì parlottare in corridoio:

"Le passerà" stava dicendo a tata Mary "era molto affezionata a Rover".

Giunta la notte, quando non sentì più rumori in casa, Peggy May si alzò, indossò la vestaglia e scese silenziosamente le scale.
Socchiuse la porta della cantina e sbirciò all'interno.
"Ti stavo aspettando!" ghignò il Babau.
"Bugiardo! Avevi promesso!" sibilò la bimba dall'ingresso della cantina, ma quando aprì la porta un po' di più si accorse che qualcosa era cambiato. L'oscurità del sottoscala era ancora più densa del solito e così fitta che la si sarebbe potuta toccare.
"*NOOO* che non sono un *BUGIARDOOOO*!" ululò adirato il Babau "volevi il tuo cane ed eccoti il tuo cane!"-
Improvvisamente, nel sottoscala, comparve un lieve bagliore.
Peggy May vide un tunnel che si apriva nella parete e lì dentro qualcosa si che muoveva: una coda che si agitava, poi delle lunghe orecchie pelose ed infine sentì un abbaiare familiare che le riempì il cuore di gioia. Rover era lì e la stava chiamando! Un'estremità dello spago rosso era legata al suo collare, mentre l'altra pendeva fuori del nero tunnel.
Fuori di sé dalla gioia, Peggy May dimenticò la prudenza, si scordò che mai, mai avrebbe dovuto varcare la soglia e corse in cantina a riabbracciare il suo amato Rover.
"Tira il filo rosso, piccola Peggy May!" uggiolò il Babau.
Peggy May afferrò lo spago, piantò i piedi a terra e tirò con tutte le sue forze. Rover si avvicinava sempre più all'imboccatura del tunnel, zampettava felice e scodinzolava e solo quando la testa emerse dal buio cunicolo, Peggy May si rese conto che Rover le stava mostrando delle insolite zanne aguzze e che i suoi enormi occhi erano gialli.

Un anno dopo la scomparsa di Peggy May, la sua famiglia si trasferì.
La casa venne svuotata e nessuno fece caso allo spaghetto rosso

gettato nell'angolo del sottoscala, né ai due segni nella polvere del pavimento polveroso, come di qualcosa che viene trascinato verso la parete.

Gli adulti non amavano di certo stare in cantina, ma a loro l'angolo sotto le scale non sembrava affatto buio e l'odore di muffa non gli ricordava quello delle alghe in putrefazione.

Pochi mesi dopo la casa era di nuovo abitata e lo scantinato ospitò nuove cianfrusaglie, casse e scatoloni, ma stranamente l'angolo sotto le scale restò sgombro.

Peter, il figlio dei nuovi inquilini, stava dormendo nella cameretta che era stata di Peggy May quando una notte fu svegliato dal pianto di una bambina. Seguì la voce fino alla porta della cantina e si fermò, paralizzato dal terrore. La bambina piangeva e chiamava qualcuno… Bover o forse Rover.

Peter era un bambino intelligente e non aprì la porta; corse in camera sua e si rintanò sotto le coperte. Molly, la sua fedele gattina nera, era raggomitolata ai piedi del letto. Peter la amava molto: gli teneva compagnia quando era triste o preoccupato, quando mamma e papà erano fuori per lavoro o quando li sentiva litigare di notte.

Il mattino seguente Molly era scomparsa.

Peter avrebbe fatto qualunque cosa pur di riaverla, persino entrare in cantina.

IL MISTERO SECOLARE

Annalisa Roberta D'Onofrio

«Perché mi hai portato qui, cosa c'entra la fontana?» Kyle era spesso disorientato dall'impulsività di Lenny, ma nonostante questo, lo seguiva ovunque.
«Perché tu sei quello intelligente! È legata all'enigma!» Rispose l'altro con entusiasmo.
Kyle e Lenny avevano sedici anni e frequentavano il liceo; il loro istituto del diciottesimo secolo, costituito da edifici antichi e ampie vetrate ad arco, aveva una storia particolare. Fin dalla sua nascita, quella scuola era stata accompagnata da un mistero che col passare del tempo aveva assunto varie versioni, ma solo la base restava identica: il primo preside di quella scuola, durante il primo giorno di lezione, aveva dato agli studenti il primo indizio per raggiungere un segreto che lui stesso aveva nascosto in qualche punto dell'istituto. Il primo indizio avrebbe condotto a tutti gli altri sparsi in giro, ma solo in pochi riuscirono a trovarli, molti meno a risolverli.
Qualcuno ci era riuscito anche in tempi recenti.
Ma nessuno rivelò mai di cosa si trattasse, dicevano fosse necessario scoprirlo da soli.
Kyle e Lenny, due amici inseparabili, erano sulle tracce di quel mistero fin da quando avevano iniziato a frequentare il liceo. Kyle aveva i capelli castani e gli occhi blu, dall'espressione attenta e intelligente. Il solo pensare a quel mistero aveva ispirato la sua indole da scrittore, producendo un'infinità di racconti che desiderava pubblicare. Lenny, invece, era biondo e solare, con gli occhi castani pieni di allegria e vivacità. Tra una lezione di pianoforte e l'altra di batteria, la sua mente continuava a rimuginare su quel mistero, trovando spesso soluzioni ad indizi.
Negli ultimi mesi le loro ricerche avevano fatto molti progressi,

conducendoli quel giorno sul retro della scuola, un posto abbastanza isolato e dimenticato, di cui nessuno più si curava solo perché non era esposto al pubblico.
Erano entrambi di fronte alla fontana di mattoni ormai completamente ricoperta di muschio e piante rampicanti, osservavano la sua struttura antica e malandata; un piccolo fiotto d'acqua ricadeva su se stesso lasciando che la coltre di muschio scuro ondeggiasse lentamente sulla superfice circolare.
Accompagnato dal pigro scroscio dell'acqua, Kyle consultò con aria pensierosa un foglio appena passatogli da Lenny, studiò i collegamenti indicati dalle freccette e guardò il sole estivo del primo pomeriggio che allungava la sua ombra sui bordi della fontana. Si allentò di poco il colletto della camicia per il caldo «Ok, dobbiamo spostare il muschio.»
«Avevo già immaginato una situazione simile!» Lenny aveva appena finito di infilarsi un guanto da giardiniere «Diamoci da fare! Sono sicuro che conosci già l'area da cercare!»
Sotto il sole cocente di giugno, si abbassarono trafficando col muschio sul lato sinistro della fontana, quello dove l'ombra del getto d'acqua illuminato dal sole si estendeva maggiormente. Liberarono una decina di mattoni facendo tornare alla luce il loro colore rossastro, notarono che alcuni avevano una tonalità più chiara. Anche gli spazi tra di loro avevano un colore diverso, più scuro, la superfice era più scavata.
Kyle prese la sua inseparabile penna dal taschino della camicia e passò la punta tra i mattoni di colore diverso seguendo un ordine specifico, collegato ad uno degli ultimi indizi.
Si udì lo scatto di un meccanismo, il getto d'acqua si affievolì lasciando spazio al silenzio.
I due ragazzi si misero subito in piedi assistendo allo spettacolo dell'acqua risucchiata dalla fontana e dal muschio che andava sempre più giù. Sconcertati, allungarono lo sguardo sul fondo della

fontana, dove il muschio era sparso a chiazze, lì videro una sottile fenditura verticale. Un altro scatto, poi un tremore, i due pannelli che componevano il fondo della fontana presero ad allontanarsi ai lati opposti rivelando una lunga e buia scalinata.
«Ma che diavolo...» Kyle era basito.
«Andiamo!» Lenny lo prese per il braccio.
Scavalcarono il bordo della fontana fiondandosi immediatamente sui gradini. Arrivati a metà della scalinata, il fondo della fontana alle loro spalle si richiuse lasciandoli al buio, così Lenny tirò fuori dalla tasca una torcia.
«Abbiamo i telefoni!» Commentò Kyle.
«Ma così è più avventuroso!»
Il fascio di luce illuminò il corridoio nel quale si trovavano: le pareti di mattoni, costellate da quadretti e dipinti, si univano nel soffitto a cupola mostrando sui bordi i segni del tempo. A sbarrare loro il passaggio c'era un muro, alla cui base si stanziava un tavolo di legno con degli eleganti e lussuosi bicchieri di cristallo di diverse altezze.
I due si guardarono attorno un po' interdetti, Kyle riprese il foglio dalla tasca rivedendo tutti gli indizi raccolti fino a quel momento. Nel frattempo Lenny, dal carattere più pratico e istintivo, aveva fatto qualche passo raggiungendo i bicchieri per guardarli meglio. Notò che appena sotto il bordo di ogni bicchiere c'era una sottile striscia colorata che dava un tocco di eleganza, erano tutte di colore diverso, il che inizialmente lo confuse ancora di più. Ma quando alzò gli occhi verso i quadretti, capì. Gli stupendi dipinti ad olio rappresentavano sia paesaggi che interni, ma tutti avevano in comune una cosa: era presente, su ogni tela, almeno uno strumento musicale.
Tirò fuori le sue preziose bacchette da batterista dal retro dei pantaloni e iniziò a batterle delicatamente sul bordo dei bicchieri, un secondo dopo si lasciò andare alla musica divertito.

Kyle alzò il viso dal foglio con aria raggiante «Hai ragione, è questa la soluzione! Suonare!»
Lenny si fermò interdetto «Sì, ma suonare cosa?»
Ci pensarono un po' su, l'unico indizio che avevano erano i dipinti: fu in quel momento che Kyle notò che erano stati disposti in maniera crescente «È più semplice di quanto pensassi! Dopotutto dovrebbero poterlo fare tutti: solo una semplice scala!»
«Una scala!» Lenny riprese a guardare i bicchieri e solo allora capì che strisce decorative colorate servivano ad indicare le note e che non erano disposte in ordine «Subito!» Sfruttò le sue bacchette facendole saltellare velocemente tra i bicchieri tintinnanti.
Improvvisamente si sentì il rumore meccanico di ingranaggi che scattavano in blocco, la parete davanti a loro roteò su se stessa spingendoli bruscamente dall'altra parte.
Erano sicuri di essere ancora a scuola, ma in un luogo che nessuno sapeva come raggiungere.
La forte luce del sole entrava dalla cupola di vetro situata in alto, illuminava un immenso giardino al chiuso, faceva scintillare le superfici di uno stagno e di un piccolo fiumiciattolo artificiali. Il giardino era puntellato di alberi, panchine e librerie con tanto di lanterne per quando nelle sere di inverno faceva buio prima.
«Che posto è?» Domandò Kyle guardandosi intorno.
«Un posto segreto!» Esclamò Lenny pieno di eccitazione.
Ma Kyle non era soddisfatto da quella risposta, si chiedeva quale fosse il vero motivo del loro arrivo e se avessero finalmente scoperto il mistero, avanzò quindi alla ricerca di altro e Lenny lo seguì. Entrambi si avvicinarono a una libreria con accanto un tavolo, entrambi posti sotto un albero di glicine con i fiori che pendevano incorniciando elegantemente gli scaffali. Videro un quaderno aperto dalle pagine ingiallite e l'aspetto molto antico, vi trovarono una frase scritta con caratteri sottili ed eleganti.
Era firmato proprio dal preside che aveva dato inizio a quella

ricerca.

Kyle e Lenny rimasero un po' interdetti da quel messaggio, ma un secondo dopo fu tutto più chiaro e ad entrambi brillarono gli occhi, sorrisero felici sentendosi profondamente orgogliosi di se stessi; in quel momento ebbero la certezza che avrebbero potuto fare tutto, uno diventare scrittore e l'altro musicista. Era un mistero che molti avevano definito assurdo, addirittura impossibile, ci avevano messo anni, eppure con la loro determinazione erano riusciti a risolverlo. Guardarono soddisfatti quella frase che li avrebbe accompagnati per sempre.

"*Sei arrivato qui, puoi arrivare ovunque.*"

MALEDETTO ME

Lorenzo Bobbio

La tua acqua scorre ancora impietosa, continuando a portarsi via qualunque cosa incontri. Sento l'aria sulla pelle farsi sempre più fredda, mentre il cielo sta perdendo le tinte rosse del tramonto. Ma ancora non posso andarmene, devo continuare a nascondermi qui al buio. E continuare a maledirmi per tutti i miei errori.
E tu, fiume, sei stato proprio tu il mio primo errore. Se non avessi dato retta al tuo richiamo, se me ne fossi rimasto a casa come sempre, nascosto nella mia camera come ogni giorno, non sarebbe successo nulla di tutto questo.
Ma invece no, ho visto quel sole così splendente e sono caduto nella tua trappola.
No, la colpa non è tua, è solo mia. Sono stato io a camminare saltellante verso di te, felice di quel tepore che mi scaldava le ossa ancora fradice della pioggia dei giorni scorsi.
Io sono venuto a trovarti, ancora convinto che fossi mio amico. Io ho creduto di aver fatto bene a venire qui all'una, quando per il paese si sente solo rumore di stoviglie e profumo di sugo. Non c'era nessuno per strada, né qui nei dintorni. Era una giornata perfetta, insomma; troppo perché potesse continuare così. Ma sono stato cieco, non l'ho capito in tempo e mi sono lasciato andare proprio qui, dove ora sono bloccato.
Ho lasciato che le tue acque mi solleticassero i piedi e mi rinfrescassero dal caldo, cullato dal tuo sciabordare costante e melodioso. Era tutto così maledettamente bello, che mi sono proprio lasciato andare.
Commettendo quell'errore, il più grave di tutti.
Ma io avevo solo caldo, quello di oggi non era il solito sole di maggio e io invece avevo addosso quella mia solita maglietta nera. Quella bella maglietta che ha sempre nascosto la mia stupida

pancia. Che stupido, per un momento l'ho odiata per quanto caldo mi stesse tenendo. Me la sono vista stampata sulla pelle, con le braccia arrossate e le spalle bianche. E ho avuto paura che mi avrebbero preso in giro a scuola, e così l'ho fatto.
Ho tolto quella mia bella maglietta. Ho avuto subito paura, mi guardavo in giro nascondendo i miei rotoli con le braccia, tremando a ogni rumore col polso ancora dentro la manica arrotolata.
Ma non c'era nessuno, solo tu e io. Dovevano essere quasi le due, come potevo pensare che qualcuno sarebbe uscito a quell'ora, e che venisse a trovare proprio te?
Alla fine mi sono lasciato andare di nuovo, quell'arietta sulla pelle nuda era così piacevole ed era così bello guardare quelle tue acque. Le stesse che mi costringono ora a restarmene qui al freddo.
Scusa, so che non è colpa tua, ma solo mia. Sono stato io a non accorgermi di nulla, e quando ho visto quell'ombra alla mia destra è stato troppo tardi.
Tommaso era già lì, con quel suo sorriso soddisfatto.
Non è servito a nulla scattare in piedi, anzi, questi maledetti rotoli hanno cominciato a rimbalzare tra loro, li ho visti i suoi occhi divertiti fissarli. Ho provato a rinfilarmi la maglietta, ma era troppo tardi.
"Guardate chi c'è!" sono arrivati anche Enrico e Matteo, ovviamente, quei tre sono sempre insieme. Anche loro mi guardavano con quel sorriso inquietante. "Aspetta Luca, dove vuoi andare?".
"Non andrai via proprio ora che siamo arrivati?". Avrei voluto, ma quando ancora non avevo coperto tutti i miei rotoli quei tre erano già qui attorno a me. Mi sono sentito schiacciato sotto di loro, erano più alti del solito.
"No, ecco...".
"Andiamo, Luca, spassiamocela un po'".

"Sì, è una bella giornata, rimettiti a prendere il sole con noi".
"Già, perché ti sei rivestito?".
"Non ti vergognerai mica?". Non sapevo che fare, continuavo a guardarmi intorno cercando una via di fuga, ma non ne trovavo e dovevo riempire quel silenzio; o almeno mi sono detto così, come uno stupido.
"No, è che… cominciavo ad avere freddo". Sapevo di essere stato uno stupido ancor prima che cominciassero a ridere, ma era comunque troppo tardi.
"Bella questa. Dai forza, rilassati!" me li sono trovati di colpo senza maglia, a fissarmi con quei loro addominali così scolpiti.
"Su, guarda come sudi, devi avere molto caldo".
"Ovvio, con una maglia così scura".
"Già, è quella il problema, hai ragione". Le ho sentite arrivare quelle mani, la sento ancora quella stretta sul polso, quella presa ai fianchi. E quell'aria maledetta sulla mia pelle improvvisamente nuda.
"Ecco qui, non stai meglio con le tette al vento?". Le ho coperte subito, queste maledette tette, ma li ha fatti soltanto ridere di più. Ho smesso di respirare, ho provato a ritirare la pancia, ma ormai era tardi. È da lì che ho sperato di morire.
"Hai un bellissimo seno Luca, non vergognartene!".
"Molto bello, sicuramente hai più tette di Cesira!".
"Sai, secondo me ti starebbe bene un bel bikini rosa!" quelle spinte non mi facevano male, né quelle strette sulla mia carne flaccida, non quanto quelle parole e quelle risate, almeno.
Sarebbe finita lì, se non fossi stato così stupido. Ancora mi chiedo cosa volessi fare con quel mio stupido gesto.
"Ehi, che vuoi fare. porchetta?" la mia maglia era ancora in mano a Tommaso, ormai troppo in alto perché potessi raggiungerla.
"Bastava dirlo che la rivolevi. Prendi!" ma la maglia era finita tra le mani di Enrico e io tra quelle di Matteo strette sulle mie tette,

bloccato dalle loro risate.
Me la sventolavano davanti, e io ho fatto il loro gioco, perché ne avevo disperatamente bisogno, ma ad ogni saltello ottenevo solo le loro risate e altre spinte, altre strette su queste schifose tette che ancora portano i segni rossi delle loro dita.
"Vi prego, ridatemela..." non avrei dovuto implorare a quel modo. Ho fatto scattare qualcosa in Tommaso, l'ho visto nei suoi occhi mentre mi fissava, non più divertito, solo arrabbiato.
"Ma certo. Prendila!". Lì mi sono sentito davvero morire. Quando l'ho vista atterrare tra le tue acque e sparire in un attimo tra le tue onde, ho implorato di morire. Anche se non mi avessero bloccato, non sarei mai riuscito a correre a recuperarla.
Da lì, li ho lasciati fare. Quelle foto e quei video non mi faranno più male di questa sensazione.
Vorrei sparire anch'io tra le tue acque, sparire e ritrovarmi lontano da tutto.
Ma sono inchiodato qui, costretto a ripensare a quei miei errori che mi hanno trascinato fin qui.

ONESTÀ

Giuseppe Pugliese

In tutta onestà non saprei dirvi cosa mi ha preso. Questo continuo rifiuto di accettazione della realtà, questa costante negazione (o rinnegazione?) di fatti e cose che altri mi attribuiscono. Altri, appunto, non io Signor Giudice. Non io che non ricordo nulla e pertanto nulla posso abiurare. Tutto si basa sulla memoria e la mia, fortunatamente forse, è davvero labile.

E onestamente cosa dovrei dirvi? Cosa altro dovrei aggiungere? Non attenuanti a eventi che non riconosco, nessuna smentita per cose mai accadute. Lo giuro. E, del resto, non sto mica mentendo. Chi non ricorda non ha tracce da fuorviare, non ha colpe da espiare, né tanto meno ombre da disvelare. I tabulati con le telefonate effettuate? Le immagini delle videocamere che mi hanno immortalato? Ebbene, mostratemele. Affinché qualche dato possa sovvenire alla mia mente e aiutarvi nella vostra, allo state attuale molto improbabile, ricostruzione.

In modo onesto, posso affermare che state prendendo un granchio. Che state basando le vostre accuse su qualcosa che non c'è, che non esiste. Non le respingo e neppure mi sogno di contestarle. Semplicemente, per me tutto ciò non è mai avvenuto. Con onestà, a domanda rispondo. E non invoco nessuna semi infermità mentale. Anzi, che non venga in mente a chicchessia in questa aula di porre la questione. Io voglio essere giudicato per quel che sono senza ricorrere ad alibi di sorta.

Lei? In verità potrei anche averla incrociata qualche volta. Se voi affermate che abitavamo nello stesso palazzo, ci sta. In ascensore o scendendo le scale. O forse anche al supermercato sotto casa. Ma dalle foto che mi mostrate mi pare una donna così ordinaria. Io? Avrei sviluppato una forma di insano attaccamento nei suoi riguardi? L'avrei seguita più volte, minacciata anche di fronte ad altri e al suo ennesimo rifiuto l'avrei ammazzata? Ma i pazzi, con rispetto parlando, qui dentro siete voi!

Con franchezza, assolutamente e fortemente, vi dico che mi rifiuto di ascoltare altro. Non sarei mai capace di far del male a qualcuno. E se le vostre prove sono così schiacchianti come ribadite, non farò altro che rimettermi alla clemenza della Corte. Non invocherò pietà, non mi butterò in ginocchio, non mi prostrerò ai vostri piedi.

Con decenza parlando, mi sembra proprio che stiate esagerando. È stata uccisa in modo perfido? Con violenza efferata ed infierendo sul suo corpo già morto? Va bene, ne prendo atto ma, sinceramente, perché guardate me? Avevo il suo sangue sulle mani e i vestiti sporchi e insozzati dei suoi umori come la perizia ha ampiamente dimostrato? Mah. Faccio fatica a seguirvi. Non capisco questo vostro risentimento, questo astio nei miei confronti.

Fatemi riguardare meglio le sue foto, chissà che non rimembri qualcosa, un piccolo particolare rivelatore. No. Non mi viene in mente nulla. Questo vestito verde a fiori gialli non mi è del tutto nuovo, ma potrebbe essere solo un'impressione. Del resto è così brutto che sarebbe difficile dimenticarsene. Sì, d'accordo. Condannatemi pure se vi fa piacere, se vi fa stare meglio. Se così deve essere. Ma non contate su una mia collaborazione, su mie ammissioni. Non mi risulta possibile potervi aiutare in alcun modo. Apprezzate la mia coerenza, riconoscetemi una dignità. Non chiedo altro.

***

Come dice avvocato? La sentenza ha stabilito ergastolo? E lei non farà appello? Beh la capisco, è giusto così. Rimozione? Questo ha infine dichiarato lo psichiatra che mi ha esaminato? Lo ringrazi. Molto gentile da parte sua; apprezzabile tentativo di definire la mia come una forma di follia. Ma non è servito vero? Nè questa idea, peraltro, mi fa sentire meglio.
Onesto - Di persona che agisce con lealtà, rettitudine, sincerità, in base a principî morali ritenuti universalmente validi, astenendosi da azioni riprovevoli.Questo foglietto? Sono solo appunti, una banale annotazione caro avvocato. È il significato di una parola a cui mi sono sempre attenuto nella mia vita. Comunque, non voglio trattenerla ulteriormente. Lei avrà altro da fare, una famiglia, immagino. Ha fatto il possibile, non le porterò rancore. Posso stringerle la mano? Beh, allora, arrivederci. O forse sarebbe più appropriato dirsi addio ma, chissà, non si può mai sapere.

***

Qualche anno dopo confessò tutto. Motivandolo per l'ultimo, ennesimo, sorriso negatogli. Ma, sinceramente, chi potrà mai dire che non si sia poi inventato ogni particolare per dare almeno una parvenza di senso al suo immodificabile stato di prigionia? Il tempo, per fare combaciare l'insieme, ce l'aveva eccome. Effettivamente, però, gli fu anche diagnosticato e riconosciuto un disturbo della personalità. E al di fuori del caso specifico, sul lavoro come in tutti gli altri aspetti della sua vita, le persone interrogate in merito ne parlarono come di una persona specchiata, cordiale ed educatissima. Mi dispiacqui per lui e la sua sorte amara forse ancor di più che per quella della povera, malcapitata, ragazza.

Lo andai a trovare così d'impulso. E l'incontro fu piacevole. L'avevano messo a fare il bibliotecario della prigione e lui, così preciso, così puntuale, l'aveva rimessa a nuovo.

"Onestamente avvocato" mi disse "io qui non ho un cazzo da fare e molti dei miei colleghi, chiamiamoli così, in fondo sarebbero pure delle brave persone se fossero nate nell'ambiente giusto, se avessero potuto studiare. Alcuni hanno qualità notevoli mi creda. Io ci provo ad erudirli un po', tanto male non gli potrà mai fare giusto?". Ne convenni e gli promisi che mi sarei messo in moto per fargli arrivare libri nuovi costantemente.
E così ho fatto per tutti questi anni.

Poi un giorno, dal carcere mi hanno informato che aveva provato ad uccidere con uno sfogliacarte, per fortuna poco appuntito, un prigioniero che gli aveva restituito un libro tutto sottolineato. E pertanto ora sarebbe stato in isolamento per un bel po' e gli avrebbero tolto pure quel misero incarico. Per vie traverse gli feci chiedere se volesse assistenza e lui accettò di incontrarmi, ma solo per dirmi che quello era uno stronzo e che non era la prima volta che si comportava così nel restituire i libri, rendendoli praticamente inutilizzabili agli altri. E aggiunse "Con tutta onestà, avvocato caro, quello che mi manca di più è l'ora d'aria. Il cielo, il sole e anche la pioggia. Ma poi fra un po', grazie a Dio, mi dimenticherò anche di questo e tutto passerà".

La sua rassegnazione mi colpì ancora una volta. Ma mi ferì constatare che alle nuvole, al mutevole cambiare dei colori della natura io, preso dall'egoistico turbinio della mia esistenza, nemmeno ci faccio più caso. E tuttora, ogni tanto mio malgrado, ci ripenso.

PROBLEMI DI LETTURA

Gaetano De Simone

La storia che vi voglio raccontare è quella di un famoso scrittore scomparso e della notte che se lo portò via, letteralmente. Il poveretto, seppur avesse fatto successo da romanzi emotivi a dir poco, viveva da solo in una baita in montagna con panorami affascinanti e questo gli bastava, aveva immaginato. Eppure, come in ogni vita che si rispetti, arrivano colpi di scena che ci fanno cambiare prospettiva. Era notte ormai inoltrata quando, colpito dalla sua solita insonnia, si alzò dal proprio letto per dirigersi nel salotto e fumare una sigaretta nel placido plenilunio che poteva vedere dalla sua finestra. Teneva ben stretta tra le sue labbra la sua Winston Blu, quando decise di spostarsi dal panorama così stimolante alla sua libreria. Fece una cosa che da un bel po' gli mancava: decise di aprire e leggere uno dei suoi libri. Egli poche volte nella sua vita aveva avuto voglia di rileggersi, trovava odioso leggere delle parole che, col passare del tempo, avrebbe avuto voglia di sostituire. Mentre però apriva una pagina a caso, successe l'inspiegabile: egli fu scaraventato verso la parete alle sue spalle e dal libro cominciò a fuoriuscire una strana nebbia dorata. Appena aprì gli occhi, la prima cosa che pensò era che questi ultimi stavano sicuramente delirando: una sua copia perfetta era in piedi davanti a lui. Si differenziava da lui solo per il suo aspetto di certo molto più attraente e per i suoi occhi scintillanti che non davano alcun segno d'iridi o pupille. Lo scrittore incuriosito si alzò da terra e, ancora stupefatto dall'accaduto, cortesemente tese la mano alla sua copia e provò a presentarsi ma la presentazione fu interrotta bruscamente proprio dall'inaspettato ospite.
Quest'ultimo aveva ferocemente stretto le sue mani intorno al collo dello scrittore il quale era subito caduto a terra dove si

trovava poco prima. Le mani della copia, seppur fossero percepite, non riuscivano ad arrecare dolore, piuttosto davano una sensazione di malessere che non appartenevano al mondo fisico. La figura misteriosa finalmente parlò esclamando: "Diamine! Non so chi ti abbia dato questa fortuna ma pare che io non possa ucciderti, cane maledetto!"
Lo scrittore, dopo essersi alzato per la seconda volta, si mostrò ancor più impaurito e confuso e chiese gentilmente alla figura che si appoggiava alla finestra aperta: "Mi perdoni, signore, ma anche lei deve ammettere che questa situazione sia ai limiti della realtà. Chi è lei? Perché mi odia così tanto e come ha fatto ad apparire dal nulla?».
"Puoi darmi anche del tu e smettere di fingerti una persona decente, disgraziato! Ti credevo stupido" aggiunse "ma non fino a questi livelli. Siamo identici, chi potrei essere all'infuori di te?".
Lo scrittore, con lo sguardo basso, ma seppur con un pizzico di curiosità ed entusiasmo aggiunse:
"Quindi sei un mio clone o robe del genere?".
"Certo che no, idiota. Dove credi di essere, in un film Sci-Fi di fine anni '80?" aggiunse la figura alla finestra che appariva sempre più innervosita.
"Io sono ben più complesso di una tua forma fisica e psicologica esatta , io sono il risultato di tutto ciò che hai scritto nei tuoi libri, io sono tutte le parole che hai battuto, tutti gli stati d'animo che hai provato, tutto ciò che mi ha reso così miserabile". Lo scrittore, dopo aver appoggiato la mano allo schienale della poltrona, entusiasta chiedeva alla persona che affermava di essere le sue stesse parole: "E allora perché dovresti volermi uccidere? Perché dovresti essere miserabile? Guardati intorno, c'è gente che pagherebbe per vederti ad una conferenza o in un teatro, tu sei migliaia di libri negli scaffali di case e negozi!" mentre mostrava i suoi stessi libri nello scaffale apposito della libreria. La figura

sorrise amaramente e con sarcasmo rispose: "Che onore! Io sono una celebrità! Dovrei essere grato all'universo per la mia esistenza!". Si spostò verso lo scaffale e, pieno di rabbia, sbottò: "Non prendermi per il culo, egoista del cazzo! Solo perché hai avuto la fortuna di fare successo con le mie disgrazie non devi mentire né a me e né a te stesso!".
Lo scrittore cominciò ad irritarsi e a tono rispose: "Ma per favore! Io non sto mentendo a nessuno, sto solo esponendo i fatti per quello che sono, e i fatti dicono che tu sei qualcosa di celebre e apprezzato dalla gente".
"Come se tu scrivessi articoli di giornale! Non hai fatto la tua fortuna di certo con l'oggettività! Hai messo tutta la tua tristezza ed il tuo malessere nei libri, mi hai condannato a questa malinconia costante che si ripete giorno dopo giorno, lettore dopo lettore" urlò la figura con la bocca tremolante, quasi dovesse dar sfogo ad un pianto isterico.
"La smetti di essere così melodrammatico? Scrivo dei romanzi, non delle tragedie! Certo, sono malinconici, ma questi sono i miei stati d'animo!" rispose con tono severo lo scrittore.
"Facile parlare per te! Tu sei umano, tu vivi! Ci pensi alla mia esistenza? Io sono costantemente le stesse parole che sono già scritte, non ho evoluzione dei miei pensieri al di fuori di quelli che esistono già sulle pagine" disse la figura mentre piangeva lacrime d'inchiostro.
"Io sto male per problemi che non possono risolversi al di fuori del modo in cui hai scritto il finale, se mi va bene e hai voluto risolverli! Tu metabolizzi quei tuoi problemi, magari li metti nero su bianco ed io invece pago per le tue tristezze. Anche se volessi dimenticare, non potrei. Sono rinchiuso costantemente nelle pene d'amore, nelle tue sofferenze, nella tua disperazione! Prova tu ad avere la stessa costante disperazione e non avere modo di metabolizzarla con il tempo o con nuove esperienze".

Lo scrittore continuava a tacere, cominciando ad empatizzare con la disperazione dei suoi scritti e sentì un nodo in gola formarsi e gli occhi lucidi. Ma la figura non ebbe pietà e continuò a declamare le sue invettive: "E non è mai la mia disperazione a essere ascoltata! La gente legge la mia disperazione e inconsciamente la sostituisce con la propria. Ognuno che odia le proprie fragilità sofferenze e allo stesso tempo paradossalmente le nutre e le cura allo stesso tempo, non capendo che servirebbe solo essere coscienti che queste ultime fanno parte di tutti voi e che affrontandole, magari con qualcun altro, potrebbero perfino giovare".
Lo scrittore cominciò a lacrimare dopo aver sentito nelle parole della figura non solo le sue sofferenze, ma quelle del genere umano intero. Asciugandosi gli occhi chiese alla figura: "Allora? Come posso mai aiutarti da vivo, visto che da morto non posso?"
La sua copia, che pian piano si stava sempre più sbiadendo, stava fissando con gli occhi gonfi il panorama fuori dalla finestra: in basso le luci della città che formavano costellazioni, in alto le costellazioni vere e proprie, come si stessero specchiando in un lago limpido. Alla fine, esordì flebilmente e senza la veemenza che l'aveva accompagnato per tutta la serata: "Non credo nessuno possa far niente più per me. La tristezza che non trova soluzione viene lasciata lì a morire dimenticata da tutti. Vorrei solo aver avuto la possibilità di visitare una luce qualsiasi, che fosse una stella o un lampione della luce. Senti, io ti conosco meglio di qualsiasi altra persona su questo mondo, ti prego, non darmi più questa sofferenza. Scrivi della bellezza del mondo, delle aurore boreali, delle lacrime che sono asciugate da una spalla amica, del benessere che la felicità delle persone amata ci arreca. Vivi queste cose e descrivile, magari un giorno ci rivedremo in condizioni migliori". Lo scrittore, singhiozzando completamente in lacrime, corse verso le sue parole e le abbracciò in modo paterno, sentendo un calore mai percepito prima, mentre la figura lentamente

scompariva tra le sue braccia in un bagliore dorato.

Non si hanno più notizie dello scrittore, ma pare che sia stato trovato un biglietto accanto al posacenere con scritto *Non siate in pena per la mia assenza, piuttosto cercatemi tra le stelle*.

RACCONTO DI UN QUADRO: RAGAZZA CHE LEGGE UNA LETTERA ALLA FINESTRA

Giulia Verzulli

Le parole della lettera erano deformate dalle calde lacrime di quella ragazza che scendevano sul foglio come la pioggia cade sulla Terra, scolorendo il mondo, privandolo della sua gioia e dei suoi colori.

Le sue guance si coloravano di rosa, di un rosa che rendeva il suo volto simile a quello di una bambola di porcellana, destinata a frantumarsi in mille pezzi, appena sfiorato il suolo.

I suoi capelli erano raccolti dietro il capo, ma dei riccioli d'oro le sfioravano le spalle.

La sua figura era riflessa sul vetro della finestra che raffigurava non solo la sua persona, ma anche i suoi sentimenti ed il dolore che in quel momento la affliggeva.

Dalla finestra, giungeva l'effluvio greve dei fiori di lillà che si diffondeva in tutta la stanza.

La debole luce del sole al mattino le illuminava il volto, facendo risaltare anche le lacrime che in quel momento le solcavano il viso.

Un drappo rosso era adagiato sull'anta della finestra aperta, permettendo alla luce di penetrare nella stanza.

Una sedia appoggiata alla pallida parete in fondo alla stanza, presentava dei fregi romboidali.

Sul letto una coperta persiana con ricami pregiati, dove era adagiato in bilico, un vassoio con della frutta.

Solo il rumore dei suoi singhiozzi, rompeva quell'atmosfera di apparente quiete.

La ragazza rilesse a voce alta la lettera, le parole le morivano in gola, quasi non volesse accettare quella realtà crudele che imperversava in lei, devastante come una tempesta che travolge ciò che di più fragile trova sul suo cammino.

La morte si era impadronita di suo marito partito per la guerra, l'aveva afferrato per mano e portato via con sé, lasciando un vuoto nel cuore di quella ragazza, che ora aveva in volto il riflesso del dolore.

Il canto beffardo degli uccellini riecheggiava nella stanza e, in quel giorno così sereno, l'urlo silenzioso di un'anima in cerca di consolazione, squarciava quel quadro perfetto che la natura aveva tessuto con tanta perfezione.

Ad un tratto, contemplando quel meraviglioso dipinto, che neanche un artista sarebbe stato in grado di riprodurre, si udì una voce, non quella di un uomo, ma quella flebile di un neonato nel ventre della giovane madre. La ragazza, al richiamo di quel soave suono, che sembrava mormorarle inconfessabili segreti, riacquistò il sorriso ed il paesaggio, che ora finalmente riusciva a cogliere in tutto il suo splendore, le sembrava improvvisamente mutato.

Pian piano, tutto intorno a lei prendeva colore, come se un'artista riuscisse finalmente a dipingere la sua tela. Una leggera brezza accarezzava i ciuffi d'erba e le foglie sugli alberi giocavano con il vento.

In lontananza, lo scrosciare dell'acqua era come un eco melodioso che la cullava e, allo stesso tempo, rapiva la sua attenzione.

Finalmente il sole, che ora splendeva alto nel cielo, tornò a rischiarare il volto della ragazza che, rapita da quel paesaggio così sublime, si adagiò sul letto, ascoltando il canto della natura.

Sbirciavo la scena da dietro una tenda, badando di non essere visto per non risultare indiscreto.

UNA VILLA STREGATA NEL CHIANTI

Claudio Lucchesi

Era l'estate del 2001 e Paolo doveva comprare casa.
Guardando i volantini immobiliari, vedeva i prezzi troppo alti delle case di Firenze.
Potrei tornarmene fuori città, tanto con la macchina è facile raggiungere Firenze.
Lo incuriosì un'antica Villa. Si trovava nel cuore del Chianti.
Aveva un prezzo abbastanza basso per la metratura e per il pregio storico che aveva e lui si domandò il motivo. Poi prese il telefono e chiamò l'agenzia immobiliare.
"Cerco notizie sulla Villa dei Cipressi" disse Paolo "Quali problemi giustificano il prezzo così basso?".
"Le spiego" disse l'agente immobiliare. "Nella Villa ha soggiornato un importantissimo personaggio del Cinquecento, il fondatore dell'Accademia della Crusca. Anton Francesco Grazzini andava a passarci l'estate. La Villa risale al Quattrocento e dal 1995, il famoso linguista sembra si manifesti proprio lì.
"In che senso?" Chiese Paolo un po' perplesso.
"Nel senso che il suo fantasma aleggia su Villa dei Cipressi. La sua biblioteca è quasi tutta a Firenze, presso la Villa di Castello, sede dell'Accademia della Crusca, istituzione fondata proprio da lui ma alcuni libri sono rimasti lì e nessuno li ha mai toccati. Sono degli antichi libri a stampa che vengono da Venezia e risalgono all'epoca della scoperta dell'America. Lui è nato qualche decennio dopo, ma il conte Serristori che vende la Villa, ha detto che un suo antenato glieli aveva donati e sono sempre rimasti lì. Grazzini era solito consultarli in estate, quando si recava alla Villa per quelle che erano le sue vacanze".
"Una domanda: i libri del Quattrocento sono in dotazione alla

Villa?".
"Sì, sono parte integrante della dimora, nessuno li ha mai spostati. Sono sempre lì dove la leggenda vuole che il *Lasca,* come veniva chiamato Anton Francesco Grazzini, li avesse posti".
"Non ho paura del fantasma, sono uno scrittore di horror e di noir, lì avrò pane per i miei denti. Ho sempre rincorso i fantasmi ed ora mi troverò finalmente faccia a faccia con uno di loro, un fantasma molto importante! Uno dei padri della lingua Italiana".
"Paolo, mi devi spiegare chi siamo noi per prendere quella casa, visto che è andata a vederla mezza Firenze e nessuno la vuole", disse sua moglie.
"Io non sono superstizioso e non ho paura dei fantasmi".
"Mi farò coraggio" disse rassegnata Sonia.
Era il 17 Luglio e faceva un caldo infernale. Quando i due arrivarono a Villa dei Cipressi, ad accoglierli c'era il conte Serristori in persona.
"Buon Giorno. Mi hanno detto che siete interessati a questa antica dimora, immersa nel verde del Chianti".
"Sì, volevamo proprio uscire dal caos di Firenze, la città è diventata invivibile".
"Senta Conte" disse Sonia "ma il fatto che si dica che la casa è abitata anche da un fantasma, mi mette un po' di paura!".
"Siamo nel 2001, non crederà mica a queste sciocchezze, come hanno fatto tutti gli altri?".
"Sono coraggiosa, ho fatto sette safari in Africa, sono stata faccia a faccia coi leoni, mio marito è il più famoso scrittore di horror di Firenze. Sa cosa le dico? La compriamo".
"Il prezzo, come sapete, non è quello del suo valore, quindi farete un buon affare. Abbiamo stabilito questo prezzo irrisorio, proprio per la presunta presenza del fantasma che scoraggia i compratori. Io ho tante proprietà e voglio cominciare a vendere".
I due visitarono la Villa, era stata ristrutturata nel 1997 e gli alti

soffitti mostravano la sua lunga storia, c'era anche una cappella gentilizia intitolata alla Madonna del Santissimo Rosario con un'alta statua della Vergine la cui festa cade il 7 Ottobre, il giorno della Battaglia di Lepanto.
“I miei antenati erano devotissimi alla Vergine e la Domenica, il parroco di Strada in Chianti, veniva a recitare la Santa Messa qui per loro. Fino a sei anni fa, qui si organizzavano matrimoni, poi è circolata in giro la voce del fantasma e la gente non ne ha voluto più sapere di sposarsi qui”.
“Come mai il fantasma si fa sentire?” disse Sonia.
“Chi afferma di averlo visto, dice che Grazzini ha saputo che la nostra lingua è corrotta e che non è più quella che lui ha conosciuto, quel Fiorentino pulito, aulico, ma anche popolare. La vera lingua insomma! Lui non vuole fare del male a nessuno, sia chiaro, vorrebbe solo vedere l'Italiano senza contaminazioni straniere. Ecco, se anche a voi si presenterà, sarete i custodi dei suoi messaggi che dovrete riportare all'Accademia della Crusca. Ma dubito che accada, infatti io non l'ho mai visto. Quella, come lei certamente sa” disse Serristori rivolgendosi allo scrittore “è la culla della lingua Italiana ed è stata fondata proprio da Grazzini fra il 1582 ed il 1583 uno o due anni prima della sua morte, avvenuta nel 1584. Sembra che a volte lui si manifesti anche lì ai custodi della Villa medicea. Si dice che ci siano delle specifiche notti in cui si fa sentire, quella fra il 31 Ottobre ed il primo Novembre, la notte di Natale e quella di Pasqua, più qualche fredda notte d'inverno, sa quelle fredde notti di Gennaio, come ad esempio quelle dei freddissimi giorni della merla! Se accadrà, sarete i depositari delle sue parole”.

Il 1 Settembre, i due presero possesso dell'antica Villa, il 31 Ottobre, il fantasma si fece sentire e, in Italiano Rinascimentale, disse che la lingua Italiana stava purtroppo morendo, che era

corrotta e che i giovani non usavano più l'Italiano corretto. Troppe influenze forestiere nella nostra lingua.
"Io conosco tutta l'evoluzione dell'Italiano, quando venivo qui l'Italiano, o meglio il Fiorentino, era noto da qualche secolo ed era pulito, era quello che si parlava a Firenze. Nelle altre città, parlavano i loro dialetti che corrompevano un po' la nostra lingua" disse con voce cavernosa il fantasma del grande letterato. "Ora siamo arrivati al limite ed io avevo bisogno di una persona che mi ascoltasse per lottare al posto mio per il rispetto del vero Italiano. Lei deve aiutarmi a ripulire l'Italiano da tutta quella lordura e dire all'istituzione che io ho fondato che non accetti più quella cattiva erba". Detto questo, il fantasma se ne andò.
"Come faccio a dire all'Accademia della Crusca che l'Italiano non deve essere contaminato?" disse Paolo. "Se sulla mail scriverò che me l'ha detto direttamente il *Lasca* mi prenderanno per pazzo".
"Non devi dire che sono le sue parole" disse Sonia "devi essere tu a lottare affinché la lingua non venga più contaminata. È questo che lui vuole".
"Hai ragione Sonia, il *Lasca* ha scelto me come custode delle sue teorie. Sono uno scrittore ed in quanto tale ho avuto questa investitura direttamente dal fondatore della prestigiosa istituzione che regola la lingua Italiana.
A chi poteva toccare se non ad un uomo di lettere, come me, che ha sempre avuto a che fare con i fantasmi. Devo cercare di parlare alla gente di quello che il fantasma mi ha detto, devo contattare subito i linguisti, capisci? Senza accennare al fantasma, prendendola come la mia battaglia personale".

Paolo contattò i linguisti dell'Accademia della Crusca, parlò ai ragazzi delle scuole ed ai giovani delle università, aprì un sito internet, fece di tutto per la salvaguardia dell'Italiano. Quella della *pulizia della lingua* diventò la sua missione. La notte di Pasqua, il fantasma si ripresentò e disse: “Oh, uomo di cultura,! Era proprio te che cercavo, sei diventato il mio ambasciatore. Da oggi non ti tormenterò più”. Ci vollero anni per far ritornare l'Italiano una lingua *pulita*, ma Paolo fece di tutto per arrivare a ciò e piano piano raggiunse il suo scopo.

“Oggi tutti conoscono l'Inglese e questo è bene” disse Paolo “ma la nostra lingua può trovare delle preziose parole per esprimere quei termini Inglesi”. Così, dopo anni ed anni di lotte, Paolo vide rinascere il nuovo Italiano. Il sogno del *Lasca* si era avverato.

CHE FA, SALTA A BORDO?

Davide Emanuele Iannace

La stazione dei treni era calata nella nebbia fredda di novembre. Tutto intorno, il silenzio e i segni dei primi geli coprivano i binari storti dal tempo e l'erba che era cresciuta tra le pietruzze sotto il legno, le mattonelle in cemento vecchio e le panchine arrugginite. Se la stazione avesse potuto parlare, avrebbe solo detto *Sono abbandonata*. Michelle stava lasciando penzolare le gambe tenute scoperte dal vestito su una di quelle panchine arrugginite. Gli occhi, fissi verso il cielo appena imbiancato dalla nebbia, sembravano persi in disegni che nessuno, eccetto lei, poteva vedere. Scosse appena lo sguardo per cercare al polso l'orologio piccolo, minuto come lei, che segnava le placide nove del mattino. C'era il vuoto assoluto. Chiunque in quel momento fosse passato, avrebbe pensato a una ragazza corsa via dall'ultima festa della città, nella notte appena passata. Forse sbronza, qualcuno avrebbe detto, forse scappata via dal letto di qualche amante. Questo rischio, lì, non lo correva. La stazione era un luogo solo suo. Nessun treno vi passava, oramai, da anni.

Da una piccola borsa trasse sigaretta e accendino, accendendo la prima ancora distesa, lì, in attesa. Si chiese se lei sarebbe mai arrivata. Se mai, lei, avrebbe fatto suo quel giuramento sancito da un bacio, dal sangue, dalle due parole da cui era impossibile scappare. L'aveva invitata, nel suo posto segreto, nella sua stazione senza treni. Eppure, nella nebbia, non si udiva che il suo respiro e un corvo che, come affannato, cercava riparo da un viaggio notturno, unica altra anima nella rovina. Cauta, la sigaretta tra le labbra, Michelle si rimise seduta, osservando la desolazione. Sfiorò appena dei fiori germogliati da sotto il cemento, schiacciandoli con la punta del tacco, come a voler eliminare quella bellezza non richiesta nel momento del tormento.

Per quanto ancora, chiese a sé stessa, avrebbe inseguito ombre come lei? Per quanto tempo ancora, immersa tra le luci al neon della notte, tra i liquori raffinati e i divani in pelle nera, morbidi, accoglienti, avrebbe mentito a sé stessa e avrebbe continuato a mentire agli altri? Come in un loop, accendeva e spegneva ogni notte, fumandola, illudendosi, ritrovandosi ancora una volta da sola, ad aspettare, come quella stazione aspettava un treno che non sarebbe mai arrivato.

Gettò con un gesto secco la cicca finita solo a metà, osservandola rimbalzare insieme alle altre sue cicche già a terra. Si alzò, preparandosi ad avviarsi per il meritato riposo del danzatore, quando un fischio ruppe il silenzio della nebbia. Una luce, giallastra, come appesa dinanzi una locomotiva, iniziò a traversare lungo i binari, il ronzio secco dei motori a vapore di tante decadi prima che preannunciava l'arrivo in stazione del treno che non sarebbe dovuto arrivare.

Incuriosita, più che spaventata da quell'apparizione, Michelle si voltò, osservando la locomotiva scorrerle dinanzi gli occhi verdi smeraldo, seguita da una serie di vagoni che componevano un convoglio passeggeri. Il treno, troppo vecchio per non essere pezzo da museo, le si parcheggiò proprio davanti, il fumo che andava perdendosi nel bianco della nebbia, sciamando a poco a poco. Le porte, che si aprirono tutte con un cigolio che segnalava una mano d'olio da passare, non lasciarono scendere nessuno. Solo una figura, un uomo dalla pelle color ebano raggrinzita dal tempo e gli occhi incurvati quasi sotto il peso del berretto da capotreno.

"Miss, che fa, salta a bordo?" l'uomo la guardò, stretto nella sua uniforme blu scuro, il fischietto appeso al collo, il berretto ora in mano, come in segno di rispetto.

"Attendo una mia amica" ebbe giusto un filo di voce nel

rispondere e l'uomo alzò le spalle.

"Ci fermiamo ancora un po', poi partiremo" la voce, inflessibile, eppure calda, fu seguita da un mezzo sorriso che si perse dietro il fumo sbuffante della ciminiera. Michelle portò gli occhi all'ingresso, poi si voltò di nuovo verso il capotreno.

"Dove va questo treno?".

"Dove vanno i treni? In un'altra stazione, ovviamente".

"Dove, però?".

"Le interessa davvero?" il capotreno sorrise appena, le mani in tasca. Si appoggiò con calma ad uno dei vagoni.

"Il posto, almeno, è bello?".

"E perché, le interessa? Questo è bello?" disse, indicando le rovine della stazione ferroviaria. Michelle socchiuse appena gli occhi, come in uno sguardo di sfida.

"Si, lo è. Sarà rovinato, ma rimane bello".

"La mentalità giusta, allora. Vuol dire che qualsiasi cosa visiteremo, la troverà ugualmente bella".

"Ma non mi vuole dire cosa visiteremo! Che senso ha salire su un treno se nemmeno so dove va".

"Dipende da perché vuole viaggiare" il capotreno aspirò da un grosso sigaro, apparentemente toscano, una lunga boccata di tabacco "Se è per lavoro, si che vorrei sapere dove devo finire. Se è perché oggi non ho proprio niente da fare, mi accontento del primo biglietto che passa in convento".

"Qui non passano treni da anni. Da dove siete arrivati?" deviò il discorso rapidamente Michelle, ora seriamente incuriosita.

"Non è che proprio seguiamo gli itinerari del pubblico ufficio" ridacchiò il capotreno, gli occhi resi invisibili dal sigaro "Non tutto segue le tabelle orarie e gli orologi. Il bello delle rovine, non obbediscono al tempo". Michelle aprì la bocca, come per voler fare un'altra domanda, ma la richiuse, rapidamente. Che senso aveva chiedere ancora. Era chiaro che quell'uomo non le avrebbe risposto, non davvero, non in una maniera che lei comprendeva. Si guardò di nuovo indietro, cercando nell'ingresso oramai rovinato della stazione una traccia di vita. Ricontrollò sul suo cellulare il messaggio che le aveva spedito. Indirizzo, posizione, era tutto corretto. Dovevano vedersi, proprio lì, eppure lei non c'era.

"Cinque minuti!" gridò al nulla il capotreno, spegnendo il sigaro e rimettendo ciò che ne rimaneva nel taschino della divisa "Cinque minuti!".

"Scusi, ma anche se volessi salire, il biglietto? I documenti di viaggio?".

"Non servono" replicò tranquillo, mettendo il piede sul primo scalino di una delle carrozze del convoglio, la mano appoggiata alla porta di legno e vetro "Lei, Miss, sta cercando un senso alla storia che forse non può e non deve trovare. Dal suo punto di vista, questo è come follia. Dal mio punto di vista, è insensato attendere nella nebbia, in una stazione sperduta, sperando un fortuito arrivo. Che le importa dove andiamo? Aveva programmi per il weekend?" sorrise, mettendo il fischietto tra le labbra, per poi scuotere l'aria con quel classico richiamo che tanti passeggeri nel mondo avevano sentito. Michelle guardò l'ingresso, e poi il convoglio. La nebbia, lentamente, andava diradandosi sotto i colpi del cielo del mattino. Un brivido di freddo le sfiorò appena la pelle, ora che anche l'ultimo whisky e cola aveva esaurito ogni effetto. Lei sarebbe arrivata. Gliel'aveva promesso, e anche se era l'ultima di una lunga serie di promesse e parole, non poteva averle mentito di nuovo. Un secondo fischio sembrò smuovere perfino i vagoni, poi la locomotiva iniziò a rombare nel vuoto della stazione desolata. Michelle guardò il capotreno, che con sguardo curioso, tranquillo, la osservava dal primo scalino del vagone della prima classe. Qualcuno, dentro il treno, le sembrò star suonando una chitarra. Le piaceva quel suono, si disse. Si chiese chi fosse il musicista, le sarebbe piaciuto battere le mani al ritmo delle corde.

Quando si svegliò, il cielo era azzurro per il mezzodì. Aprì appena lo smartphone, guardò una serie di messaggi, scrollando rapida e annoiata fino a quello di Michelle. Un posto dove incontrarsi, vari remainder, un paio di chiamate perse, poi c'erano delle foto. Le guardò, scorrendole rapidamente, ma evidentemente l'alcool e qualcos'altro dovevano averle giocato brutti scherzi, perché, poteva giurare, le sembrava che nelle foto lei fosse a Siviglia, e questo era semplicemente impossibile. Fece scivolare il cellulare sul comò e tornò a sonnecchiare. Quando provò a chiamarla, quella sera, per andare alla festa degli Spada insieme, il numero era ancora spento.

CIAO MARIO, TI RICORDI DI NOI?

Sacha Tellini

Lungo il pendio sotto San Cristoforo, fra campi verdi e prati luccicanti costantemente illuminati dal sole, la strada quasi sterrata attraversa la collina del paese di Rignano, collegando fra loro le diverse frazioni della zona. Insinuandosi perfettamente ora fra il bosco, ora fra le case, ora fra le attività agricole, quando la si percorre, si ha come la sensazione di entrare nell'intimità delle persone, dentro alle loro vite.

Lo pensava spesso Mario quando, di ritorno da una lunga giornata di lavoro, era solito rallentare e fermarsi con la macchina in prossimità delle case degli amici, per curiosare dalle finestre aperte sulla strada e controllare se fossero in casa e cosa stessero facendo. Anche quando li sentiva parlare con le proprie mogli con la televisione accesa in sottofondo, molto spesso finiva per non salutarli neanche, affascinato com'era da quello schermo, un tempo molto grande e pesante, che trasmetteva immagini in bianco e nero, poi sempre più piatto, potente e a colori, che riusciva a farlo sentire parte di un mondo molto più grande, del quale sapeva di aver visto poco o niente. Scuoteva il capo e, con lo stesso sorriso di sempre, si rimetteva in moto per tornare verso casa.

Il paesaggio ormai lo conosceva a memoria. Non solo: ricordava perfettamente come era da ragazzo e come era cambiato nel corso degli anni. "Poco, per fortuna" si ripeteva fra sé e sé. Sulla destra, lunghi vitigni disposti in maniera ordinata e lineare sembravano ricordargli, giorno dopo giorno, quanto fosse importante trattare la natura con rispetto. Vedeva nell'ordine minuzioso e preciso con il quale i suoi colleghi contadini preparavano e sistemavano i vitigni un modo elegante per portare rispetto alla natura. La mente correva a quando, da piccolo, sua mamma gli aveva insegnato il valore della precisione, dell'ordine e della pulizia: *far trovare tutto sistemato è il modo migliore per accogliere il prossimo che busserà alla porta e entrerà in questa casa*. Già da ragazzo, aveva preso la consapevolezza di essere un ospite su questa Terra e, facendo tesoro degli insegnamenti della madre, aveva cominciato a sua volta a tenere tutto in ordine rigoroso. Questo comportamente divenne ben presto il suo modo gentile per celebrare la natura, prima ancora che cominciassero a farlo i suoi colleghi contadini da adulti, la quale gli aveva riservato la stessa dolce accoglienza di sua madre. Quando si sedeva a riposarsi sotto gli alberi con il sole che lo illuminava, gli sembrava infatti di tornare a qualche anno prima quando, avvolto fra le braccia di sua mamma, veniva invaso dallo stesso calore.

Sulla sinistra, invece, lunghe file di olivi già gli facevano percepire il profumo, intenso e inconfondibile, dell'olio nuovo che sarebbe arrivato dopo la prossima raccolta. A fare da sottofondo a questo paesaggio incantato, i suoni degli uccelli, che tessevano con il proprio canto la perfetta melodia della sua vita. Quella strada, del resto, era il suo palcoscenico. Pensava spesso al fatto che sentiva raramente cantare gli uccelli in città. "Qui cantano perché sono felici di essere dove sono" gli aveva confidato un giorno il suo caro amico Marco, negli anni divenuto poi vicino di casa. Sapere che gli uccelli cantavano perché contenti di essere lì, a stretto contatto con la natura, lo faceva sentire ancora di più in profonda connessione con tutto ciò che lo circondava: le piante, gli animali, i fiori, il sole, la pioggia. Sentiva qualcosa vibrargli dentro; il cuore si riempiva di gioia e, nei giorni in cui l'emozione era più forte che in altri, usciva anche qualche lacrima dagli occhi.

Non c'era quindi giorno che, percorrendo quella strada, Mario non si sentisse grato di essere nato, cresciuto e invecchiato in quel posto tanto amato. Si sentiva molto innamorato di quell'ambiente, divenuto ancora più prezioso quando Maria accettò di sposarsi e andare a vivere a casa sua. “Le giornate, per chi lavora nei campi, sono sempre lunghe, anche d’inverno”così amava risponderle tutte le volte che, rientrando in casa alla sera, lo rimproverava per aver fatto troppo tardi. Nonostante l’orario e la stanchezza, mai e poi mai avrebbe lasciato il suo lavoro e Santa Maria per andare altrove.

Se le ricordava bene le volte in cui si era allontanato dalla sua frazione, poche com’erano. In una di queste circostanze - quando non solo scese in paese, ma cambiò addirittura Comune - conobbe proprio lei, Maria. Era poco più di un adolescente quando il suo adorato zio lo aveva fatto salire al posto del passeggero di fianco al guidatore. Mario si era sentito improvvisamente più grande, più uomo. Uscirono una mattina presto d’estate per andare a portare la frutta raccolta nei campi in una bottega a Pontassieve. Da quel che dicevano i grandi, Pontassieve doveva proprio assomigliare alla lontana, affascinante e misteriosa America: bar, botteghe, un campo da calcio così curato, addirittura il treno che arrivava nel centro del paese e chissà poi dove andava. Era proprio lì, in una di quelle botteghe, che Mario e Maria si erano conosciuti. Mario raccontava spesso come rimase folgorato quando la vide entrare in negozio. La lunga treccia arancione che le accarezzava la spalla, il vestito che le arrivava poco sopra le ginocchia, le lentiggini che splendevano nel volto esaltate dal sole, il sorriso che disegnava un arco perfetto fra i due zigomi: tutto gli era piaciuto di lei, così tanto da spingerlo a fare come facevano quei cowboy americani che ogni tanto aveva visto correre e spararsi in tv nelle case degli altri. Mise il petto in fuori, pose la giacca sulle sue spalle, si curò di stringerla forte per non farla cascare e si indirizzò verso di lei: “Ciao, sono Mario, e tu sei la ragazza più bella che abbia mai visto”. Più di quelle parole, che secondo Maria furono pronunciate in tono decisamente incerto e balbettante, fu lo sguardo così maturo, deciso, da uomo a sollecitarle il desiderio di rivederlo ancora. Nel constatare che del mondo aveva visto poco o niente, Mario ripensava spesso a Maria: nonostante abitassero a due chilometri di distanza - lei a San Cristoforo, lui a Santa Maria - non l'aveva mai vista prima di quel giorno a Pontassieve.

Proprio a Santa Maria scelsero quindi di andare a vivere qualche anno dopo, in quella casa che è poi una frazione e che, molte volte, sembra non farti mancare proprio niente, come fosse una grande città, magari Pontassieve o forse New York.

A distanza di anni, dicono che Mario non ci sia più. Ma quella strada, che collega il bosco, le case e le attività agricole è ancora là, proprio come era un tempo. Chi ha conosciuto Mario e Maria, dice di aver imparato ad apprezzare una fra le qualità più nobili: il rispetto per la natura, che è poi, si dice, rispetto per sé stessi. Ogni anno, i vitigni vengono sistemati in modo ordinato, lineare, geometrico da tutti quei *giovanotti* - Mario era solito chiamarli così - che adesso sono diventati uomini. Gli uccelli cantano in modo gioioso, contenti di essere dove sono. Le olive portano e porteranno ancora olio, dall'odore così buono che si riconoscerebbe in mezzo a mille altri profumi. Chi ha detto che Mario non c'è più?

HUMANITAS

Giulio Volpi

Non tutti gli uomini sono nati per correre, neanche per essere ricordati. L'Uomo se lo teneva bene a mente: d'altra parte era difficile scordarsene, se dall'Altoparlante accanto alla sua testa continuava ad essere emessa la registrazione gracchiante di quella frase. L'Uomo solo quello sapeva di sé e, a dirla tutta, solo quello sapeva della realtà, insieme ad un'altra informazione: il Muro su cui sedeva era tremendamente alto. L'Uomo stava seduto, lo aveva sempre fatto e per nessun motivo al mondo avrebbe fatto altro: apparteneva alla grigia categoria degli uomini che non sono nati per correre, neanche per essere ricordati. Gli unici suoni che udiva erano la voce dell'Altoparlante e il canto del vento; le uniche cose che vedeva erano il Muro, l'Altoparlante, le sue gambe che penzolavano e sotto il deserto. La sua memoria era pienamente occupata dalla frase trasmessa dall'Altoparlante. Ogni tanto, il vento si alzava e insieme ad esso anche della sabbia, che lo colpiva sul volto e sulle sue gambe nude. Talvolta capitava che ponesse più attenzione del solito ai suoi piedi e li faceva sbattere a ritmo sul muro, alcune volte ripeteva a bassa voce la frase insieme all'Altoparlante, altre volte la urlava a pieni polmoni, ma la maggior parte del tempo la ascoltava in completo silenzio: d'altra parte non aveva senso ripeterla, dato che nessuno l'avrebbe ascoltata. La sabbia del deserto era l'unica cosa che cambiava, lo faceva continuamente, e se ne meravigliava ad ogni alba: il vento la spostava con più o meno forza e il sole la colorava ad ogni ora di colore diverso. Il Muro, invece, non cambiava mai e neanche l'Altoparlante. L'Uomo non cambiava, o almeno, le sue gambe non sembravano mai cambiare. Quella mattina i raggi del sole davano un colore alquanto acceso alla sabbia alla destra dei suoi piedi, mentre la sabbia alla sinistra sembrava essere uguale alla mattina precedente. Si alzò il vento e la sabbia gli graffiava come una ruvida carezza le guance: l'Uomo adorava quel piccolo dolore. Presto il vento si calmò e l'Uomo controllò con minuzia la sabbia: adesso anche quella alla sinistra era cambiata e ne fu felice. Fu soddisfatto dal vedere che, come sempre, né il Muro, né i suoi piedi, né l'Altoparlante erano cambiati. Socchiuse per qualche secondo gli occhi e inclinò leggermente il collo verso l'alto per apprezzare il calore raggiante del sole, che era ormai alto nel cielo, e, con un piccolo sforzo, tese i piedi verso l'alto. L'Uomo aveva raggiunto quel poco di felicità che poteva comprendere.

All'improvviso sobbalzò e spalancò gli occhi: l'Uomo aveva capito che qualcosa era cambiato, e non erano le dune del deserto. Respirava a stento e tremava come una foglia: aveva raggiunto la grande quantità di paura che, ahimè, ognuno può comprendere. Oltre alla paura, l'Uomo aveva raggiunto un profondo ed intenso dolore, come se avesse subìto un'improvvisa amputazione di un arto, come se avesse perso con dolore una parte di sé. Urlò, quindi, disperato al vento e nel mentre stringeva le palpebre fino al dolore. I suoi piedi sbattevano con violenza esplosiva contro la ruvida parete del muro, tanto da farli sanguinare: le gocce di sangue cadevano come pioggia sulla sabbia splendente. Il suo stomaco e tutto il suo corpo si contorcevano dal dolore, le sue viscere si attorcigliavano attorno ad un freddo pugnale invisibile, ma non per questo frutto di fantasia. Dalla gola continuavano ad uscire profondi urli, nel vano tentativo di placare la disperazione. L'Uomo capì che l'Altoparlante aveva smesso di gracchiare. Appena comprese il motivo dello strazio, cominciò a sbattere con ancora più forza i talloni sui mattoni del muro, ormai rossi di sangue e segnali del suo dolore. Si morse la lingua fino a scoppiare in un pianto viscerale e colmo di disperazione. L'Uomo gridava di paura e sofferenza al punto di non udire i fermi e sordi passi dei due uomini che si stavano avvicinando. Questi lo afferrarono dalle gambe e lo trascinarono via.

L'Animale si risvegliò in una stanza non troppo luminosa, con pallide pareti grigie e un piccolo letto bianco, sul quale era sdraiato. Ormai tutto era cambiato: il Muro, la sabbia e l'Altoparlante traditore erano spariti e con essi ogni rimasuglio della memoria e la coscienza dell'Uomo. L'Animale, ormai vuoto e inconsapevole, scese dal letto e cominciò a muoversi con misurata energia all'interno della piccola e spoglia stanza.

Entrarono infine i due uomini. L'Animale, voltatosi, non avendo neanche il tempo di udire il violento scoppio, cadde privo di vita sul freddo pavimento. I due uomini uscirono in fretta dalla pallida stanza: non c'è mai tempo da perdere con chi non è nato per correre, neanche per essere ricordato.

MANI

Margherita Manara

"Quante vecchie mani si contano in questo salone: il doppio degli anziani presenti, che sono già tanti" osserva l' anziano mentre entra per la prima volta nella sala comune della casa di riposo e constata amaramente che "Ormai a parlare sono le sole mani di quei prigionieri di un vecchio corpo, o vittime di una mente troppo consumata e stanca per funzionare ancora. Uomini e donne di un tempo, ridotti non più persone". Pensieri lucidi e dolorosi per un uomo consumato molto nel corpo, ma per nulla nella mente: è questo il dramma che ne logora lo spirito.

Era stato un ragazzo studioso, poi uomo di pensiero e azione, intraprendendo la carriera forense come giudice. Con penna e codici tra le mani, aveva motivato sentenze, sottoscritto provvedimenti, amministrando giustizia. Dal suo scranno pubblico, aveva puntato l'indice accusatorio contro i colpevoli e sciolto le mani legate di chi arrestato iniquamente.
Mai arrendendosi all'apparenza, considerava gli indizi più semplici e, per questo meno visibili, per collegarli tra loro e arrivare alla sostanza. Davanti a sé aveva ascoltato molte persone indagando oltre l'immagine: guardati, scrutati, infine giudicati.
Aveva molto amato il suo lavoro, che gli permetteva di andare a fondo delle cose più superficiali.
"La mano è un emblema regale, strumento della padronanza e segno di dominio" ironizzava sulla sua professione "Su questa terra ho avuto poteri proprie di re e persino divini". Enfaticamente spiegava: "In ebraico *iad* significa sia mano, sia potenza. La mano sinistra di Dio offre giustizia, la destra misericordia". E seguivano i suoi aneddoti. Ormai, in pensione da tempo, molto è cambiato.
Le sue mani non possono che chiedere pietà e aiuto. Le precarie

condizioni di salute lo rendono dipendente persino per le faccende più elementari. Siede in carrozzella con le mani appoggiate una sull'altra, non più uomo libero.

Eppure l'uomo è nato libero di pensare, agire e dominare il tempo. "Oggi è la continuazione di ieri; ieri di un altro ieri precedente. È così, se si dispone di tempo utile" considerava "ma quando l'oggi si separa da ieri, non si è più in corsa verso il proprio tempo, ma abbandonati sul suo scorrere implacabile, senza un domani. Quando si domina il tempo, si ha il mondo in mano. La mente agisce guidando le mani operose. È l'uso delle mani che lo ha reso animale eretto, evoluto".

Ora nel triste salone del ricovero, il tempo sfugge di mano. Si siede con le mani in grembo, composte unite nella ricerca di calore una dall'altra: calore umano e fisico. Più che altro, in assenza di presente, il calore viene dai ricordi.
Oggi l'anziano viene accompagnato nella Casa di Riposo dal figlio e la sua famiglia. Il nipotino lo tiene per mano, in un giorno come tanti, ma, purtroppo, diverso. Decisivo. Un cambio di residenza non voluto, dovuto, a lungo procrastinato. Poi, ineluttabile arriva il giorno in cui essere consegnato nelle mani avide della direttrice per essere poi affidato alle mani esperte ed impietose delle infermiere. Sbrigate le formalità, si fa il ricognizione dello stabile; poi le ultime informazioni e il commiato.
"Sei in buone mani" sussurra il figlio al padre e rivolgendosi alla responsabile dice: "Le affido la persona che ho più cara al mondo, abbia cura di papà. Mi chiami per qualunque cosa".

Il vecchio scioglie la stretta del nipotino, la manina umida arrotondata dall'inesperienza, non ancora plasmata dal lavoro, né educata al rendersi utile, appena funzionale ad impugnare tutto ma

con scarsa coordinazione di intenti. Una carezza della nuora, l'abbraccio finale del figlio ed è solo.
Il vecchio vuole dimenticare quel congedo, non sa se vorrà ambientarsi, mentre viene condotto nel salone con gli altri che condividono, ora la sua sorte. Si guarda intorno vedendo solo tante mani e prende ad osservarle cominciando dalle sue. Le raccoglie, raccogliendo insieme i pensieri per non pensare ad altro. Una volta i suoi arti soddisfacevano capricci e pulsioni ma, soprattutto, rispondevano bene agli imperativi del cervello, attivo e desideroso, oggi come allora.

Non desidera parlare, ancora né saprebbe con chi, non sa se ha interlocutori *lucidi* "Sono i miei consorti" pensa con una punta di ironia. Si trova quasi in una confraternita, anche se non si è lì per vocazione, ma per forza. "È una specie di condanna, la mia, senza colpa, assegnata dalla vita, che toglie proprio a chi ha dato. Dato e avuto, certamente" ammette tra sé. Ma ora il vecchio giudice avrebbe molto da dire, poco da dare, tanto da sperare.
L'ambiente gli è ancora estraneo. Gli è difficile vedere un collega in ciascuno dei poveri ospiti, volenti o nolenti, di quella dimora.
Non vede che altri vecchi e stanchi. Gli è doloroso specchiarsi in quei volti non piacenti. Rimangono le mani, le meno colpite dai segni del tempo, forse. Le mani sono eloquenti, che si esprimono con discrezione.
"Le mani parlano". Ne è sempre stato convinto. "Loquaci quanto la parola, sostengono coi gesti la forza delle idee, smentiscono e tradiscono parole espresse o non sentite". Sono strumenti del mestiere forgiate dall'uso e movimentate secondo l'educazione ricevuta.

Quelle giunture modellate dal tempo esprimono il vissuto di un mestiere, ingrossate dalla fatica o abbruttite dagli incidenti. Dita

tortuose come i percorsi che hanno seguito, attestano, come medaglie al valore, il tempo trascorso operosamente.
Qualche volta le mani, nonostante l'invecchiamento, ancora rivelano la capacità di essere sufficienti a sé stesse e anche quando sono paralizzate, riposano senza manifestare degrado. Se il tempo le ha rese inutili sono semplicemente ferme, ma non drammaticamente abbruttite, né avvilenti come un viso deformato; né impietose come una bocca scoordinata o assenti come uno sguardo perso. Le mani ancora invocano, levate, quando la voce non riesce a esprimere le parole. Il linguaggio delle mani è ancora segno della presenza della ragione dando persistenza ai suoni e ai gesti.
Ora il cuore cavalleresco del vecchio giudice spinge lo sguardo su mani femminili, anziane e gentili, composte nel movimento appena accennato, poco mobili nei gesti, come chi non è più avvezzo ad utilizzarle da tempo, neppure, ormai, per uso personale.

"Povera donna! Quella sua mano era stata data in matrimonio. Oggi non mostra molto di femminile, se non una vera resa sottile dal tempo. Ecco, l'anello tiene ferma l'altra fede, quella dello sposo che l'ha lasciata anzitempo. Forse quelle mani avevano fasciato figli e stretto nipotini. Ma ora...".
Triste vaga con lo sguardo mentre la mente più veloce, divaga. Passando le palme con lento ritmo sulle ruote a largo raggio, raggiunge con la sua carrozzella la finestra. Lo sguardo si perde nell'aria del giardino. Rimane così, a lungo, assente, fino ad assopirsi. Un brontolio alle sue spalle lo desta. Un altro ospite dell'ultimo albergo passa dietro di lui, parlando raucamente e sommessamente, e di tanto in tanto alzando la voce. Quel rumore lo riporta alla realtà. Una realtà che ancora non gli riesce di ammettere e, a ben pensarci, non accetta.
Di nuovo verso il giardino, l'occhio incontra una vecchia quercia.

Quando si ha tanto tempo ma nessuna occupazione, è facile vedere oltre le immagini, riflettere pescando nei ricordi, vagabondare con la fantasia.

L'albero a cui tendevi la pargoletta mano. La poesia imparata da bambino riaffiora insieme al passato più prossimo.
Non era trascorso molto tempo da che il nipotino lo aveva salutato accompagnandolo in quel luogo. Il pensiero lo commuove, il cuore si stringe, gli duole. Si affanna, quasi soffoca. La vista si annebbia. Un attimo di smarrimento poi, piano piano il battito recupera una cadenza più regolare e il respiro riprende ad animarlo.
Rimase silente, in attesa di essere preso dalla mano pietosa di Dio.
In manus tuas Domine, commendo spiritum meum.

RITORNO IN CAMPO

Marco Orlando

Il tifo dagli spalti era assordante, con ogni probabilità il Palasport non era mai stato così pieno. A stento, si riuscivano a distinguere le indicazioni dalle panchine, i giocatori avevano il fiato corto, erano sfiniti. Matteo aveva mantenuto lo stesso sorriso dall'inizio della partita. Si era promesso di andare forte quel giorno. Prese posizione sotto canestro, sgomitando e sbracciando contro il suo avversario. Marco portava palla, ma attese un secondo di troppo per effettuare il passaggio.

Troppo lento.

Pensò Matteo, mentre cambiava strategia di gioco e usciva dall'area dei tre punti. Gli occhi castani di Marco incrociarono l'azzurro dei suoi.

Ora!

Urlò nella sua testa, autorizzandolo con un cenno del capo.

Troppo lento, ancora.

Il passaggio partì, ma Matteo fu costretto a fare un passo in più per evitare l'anticipo. Due palleggi, una finta di corpo e un rapido cambio di direzione: vide il canestro per pochi secondi e lasciò andare il tiro.

Il pubblico esplose prima che la palla uscì dalla retina.

Tornò in difesa soffiando sui polpastrelli. Aveva la mano calda, bollente.

L'uomo seduto a bordo campo prendeva appunti su un taccuino marrone senza abbassare gli occhi che, dietro le lenti tonde e spesse, non perdevano un istante della gara. La sua figura enorme occupava due seggiolini. In qualsiasi altro luogo, sarebbe stato un anonimo e buffo Signor Nessuno, in un Palasport durante una finale Under diciotto regionale, era la persona in grado di cambiare il destino di ciascun atleta, aprendogli la strada del professionismo. Matteo voleva dimostrare a lui, prima che a sè stesso, di essere il migliore. Difendeva come non mai: naso di fronte alla palla, gambe basse e braccia in movimento a sporcare ogni linea di passaggio. Sentiva il respiro avversario più ritmato. Lo stava spazientendo. Toccò la palla con la mano sinistra, poi perfezionò il recupero con la destra. Si avviò rapido in contropiede, spinto dal tifo di pubblico e compagni. L'avversario gli corse dietro e saltò con lui per impedirgli di segnare. Lo scontro in aria fu violento, i due atleti caddero a terra in un silenzio irreale.

"Si è fatto male?".
"Andava forte".
"Cazzo…".
"Non ho potuto…".

Il sole scottava sulla pelle pallida, la spiaggia era poco affollata. Matteo aveva parcheggiato lo Scarabeo vicino al campo da beach volley occupato da un gruppo di bambini che non riuscivano a tirare la palla oltre la rete.
Quella mattina aveva indossato il costume sotto i calzoni e messo due teli da mare nello zaino al posto dei libri. Era andato a casa di Cristiana e aveva diviso con lei la sella fino alla spiaggia.
Distesa sul telo, la ragazza era perfettamente a suo agio. Matteo le era seduto accanto, gli occhiali da sole sul naso e lo sguardo che tamburellava tra il mare e il corpo di lei.
"Che fai?" chiese Cristiana.
"Niente" rispose lui arrossendo.
"Perché non ti stendi e prendi un po' di sole?".
"Perché dopo un paio di minuti mi stufo, non riesco a stare fermo. Sono un uomo d'azione io. Perché ridi? È vero, non so stare fermo".

"Ridevo per *uomo*".
Le labbra del ragazzo si piegarono in una smorfia indecifrabile, un sorriso forzato e sincero. Si adagiò sul fianco sinistro, le loro pelli non erano mai state così vicine. Nonostante il sole bollente, sentì un brivido correre sull'epidermide, passò il palmo della mano sudata sul proprio telo e inghiottì un eccesso di saliva, prima di sfiorare con i polpastrelli il fianco di Cristiana e darle un bacio sulla guancia.
Lo sguardo interrogativo di lei gli fece male, ma tentò comunque di mostrarsi sicuro.
"Te l'ho detto che non so stare fermo".
"Forse corri un po' troppo".
"Vero, sono abituato ad andare forte, come quando gioco".
"Non è tutto un gioco".
"Per me si, giocare è divertente".
"Se non sbaglio, il tuo preferito è un gioco di squadra".
"Però c'è sempre qualcuno che guida la squadra, che prende iniziativa".
"E gli altri devono seguire".
Prima che Matteo potesse rispondere, la ragazza si mise seduta e prese il cellulare dalla borsa.
"Cazzo, è quasi l'una!" disse "Dovremmo volare a casa!".
La campagna scorreva come una macchia impressionista ai lati della strada, Matteo aveva il sole in faccia, non aveva indossato gli occhiali e il vento lo faceva lacrimare. Aveva accompagnato a casa Cristiana, il padre di lei li aveva visti. Non disse una parola, lo guardò solamente. Più tardi ricevette la chiamata di sua madre, stava male quando la sentiva così arrabbiata.
Lento.
Accelerò. Conosceva la via a memoria. Sapeva fare le curve in velocità.
La strada divenne verticale, poi si fece buio.

"È stato un attimo..."
"Come sta?".
"Correva troppo".
"Lo conosci?".

La porta si aprì cigolando, entrarono prima i soliti piedi leggeri, poi ci furono quelli pesanti, stanchi e ormai abituati. Ne seguirono altri, rumorosi ma incerti, esitanti.
Poi ci furono le voci, prima la solita: ferma, dolce e delicata. Poi quelle familiari: spente, reiterate e monotone. Poi le nuove: sussurrate e spezzate.
La porta si aprì e si chiuse subito dopo. I singhiozzi ovattati si alternavano d'intensità.
Le voci si fecero forza tra loro e i silenzi divennero meno frequenti.
Un tardo pomeriggio d'autunno i passi, un tempo incerti, entrarono soli e sicuri. Il tono era adulto, conosciuto e rassicurante. Alcuni suoni divennero parole.
"Forte... come quando giocavi..."
Passò del tempo prima che Matteo riuscì ad aprire debolmente gli occhi. La luce lo infastidì, poi ricordò.

"Chiamate qualcuno!".
"Arrivano...".
"Cazzo!".

L'odore del cuoio lo conosce bene, quello di umidità mista a sudore non lo ricordava, sentirlo nuovamente nelle narici lo riporta indietro di un paio di vite. I bambini si muovono sul campo inseguendo la palla come uno sciame, non hanno il minimo senso della posizione.

Piegato sulle ginocchia, Marco guida l'allenamento. La sua voce rimbomba nell'impianto vuoto, ma ha un tono rassicurante. La barba incolta mostra qualche pelo grigio, i capelli sono di un castano più scuro di come lo ricordava.

Matteo guarda il suo amico ed ex compagno di squadra nel ruolo di allenatore e pensa che non avrebbe potuto scegliere una carriera più adatta a lui.

Al termine dell'allenamento, Marco si volta e si incammina verso il fondo del campo. Vedendolo arrivare, Matteo muove la spalla quel tanto che basta per far raggiungere alla mano il comando e mettere in moto la sedia. Sul parquet le gomme stridono, nel silenzio l'eco si prolunga. Matteo interrompe la corsa a un metro da Marco, toglie la mano dal comando e si appoggia allo schienale. Poi sorride.

"Allora che te ne pare dei miei campioni?" esordisce Marco.

"Sembrano divertirsi" la voce di Matteo è rauca, parla con difficoltà.

"Dai, dammi qualche dritta".

"Quello con la canotta di Curry legge bene il gioco, mentre quello con la maglia dei Knicks trova sempre le posizioni migliori a rimbalzo. Il ragazzino con la maglia del Milan va troppo forte, dovrebbe rallentare e giocare con la squadra".

Le parole vengono fuori lente, intervallate da un respiro affaticato. Non è più abituato a dire frasi così lunghe.

"Che ne dici?".

"Marco...".

«Mattè, te l'ho già detto. Tu hai bisogno di tornare in campo e io ho bisogno di te".

"S-sì Marco. Mi piacerebbe darti una mano come secondo allenatore".

TOCCAMI

Matilde Lupi

Allungo le mani al buio. Una volta ho letto che la casa non è il posto dove nasci, ma dove finiscono i tuoi tentativi di fuga.
Risalgo la superficie del comò con la punta delle dita, trovo lì le calze, più avanti il reggiseno, poi il maglione e strisciando sul pavimento gelido in cerca dei miei pezzi, inizio a ricompormi.
Distante da noi, si sente una cannonata.
La mia famiglia si è trasferita qui, in provincia, all'inizio degli anni Novanta, quando bisognava stare attenti a non pestare le siringhe usate ai lati delle panchine nei giardini pubblici.
Avrei dovuto studiare al Liceo Classico Tasso della capitale, invece sono in lotta contro mio padre, professore di lettere, per cui mi sono iscritta ad un desolante istituto tecnico-industriale di provincia. È stata una pessima mossa, dopo cinque anni di studio, l'elettrotecnica rimane per me un mistero, così come qualsiasi materia scientifica. In compenso, ho un grande successo tra i ragazzi della scuola, essendo tra le poche femmine che la frequentano, una rarità in un istituto ad alto dosaggio di testosterone. Scrivere temi è il mio forte e spesso vengono letti in classe, qualcuno se ne risente.
Ho diciannove anni.
Avere diciannove anni comporta una serie di problemi, mia madre dice che uno di questi è che ancora non ne sono consapevole e che lo scoprirò solo tra molto tempo, quando i diciannove anni saranno parecchio lontani.
La perdita è una faccenda che ha sempre contraddistinto la nostra famiglia. Mia nonna paterna perse suo padre all'età di tre anni, e dovette dormire con i fratelli nella falegnameria dello zio, per cui erano pieni di segatura sempre, se la trovavano dappertutto: nel pane, sotto il cuscino, nei cassetti della biancheria e soprattutto tra

le pieghe della pelle. Mia zia perse il marito che era ancora bella, giovane e portava i vestiti scollati. Ha passato anni a tenere lontani tutti gli uomini in cerca di carezze che le si avvicinavano; non voleva più essere la moglie di nessuno, preparare la cena e dover chiedere consensi, seduta al fianco del lato del guidatore. Per questo la morte mi spaventa, la sento presente nel nostro DNA ed ho il terrore di spegnermi ancora giovane.
Esco da casa di Sirio tirandomi la porta alle spalle. Mi curvo leggermente in avanti, contraendo i muscoli addominali e stiro il colletto della giacca, chiudendo per bene l'ultimo bottone in alto. Qui non nevica mai, sarebbe bello avere un mantello romantico, tutto bianco, a vestire questa deprimente città grigio fogna, ma il freddo si fa sentire in abbondanza. È alquanto umido e la sensazione di bagnato entra nelle ossa porose della gente di qui come in una spugna lasciata nel lavello, che assorbe l'acqua battente che gocciola dal rubinetto.
Con una schicchera secca, faccio spuntare una morbida *Malboro* dal pacchetto e la fumo con grazia mentre accendo il mio *Booster 50* metallizzato. Di fronte a me le case popolari *Gescal*, nate con un fondo destinato alla costruzione e poi assegnazione di case ai lavoratori, mi spiegò mio padre, un progetto fallimentare dove contributori e beneficiari non corrispondono, a detta sua. Per me sono blocchi di cemento abitati da chiunque, come tutto ciò che abbiamo intorno. Non c'è centro storico, non un museo, nemmeno una zona residenziale con case basse, tegole e giardini degna di questo nome. È tutto uguale, impersonale, tedio. Questa provincia è squallida come la mensa comunale dove ogni giorno, grazie all'impiego al registro anagrafe, mia madre consuma i suoi pasti di cartone.
Le strade odorano di stucco ed i lampioni illuminano angoli di palazzi avviliti.
Percorro il vialone principale, ciuffi di capelli mi volano sotto il

casco, in lontananza delle scariche di rimbombi in preparazione dei botti di capodanno, quasi nessun' anima in giro. Durante le vacanze di Natale, l'aria si fa più densa e per questo, peggiore del solito.
Vorrei che Sirio mi salvasse, che un giorno venisse a prendermi a scuola e, senza dire niente, mi caricasse in spalla, col braccio che aggrappa i fianchi, come nel migliore dei film americani, come il sacco del più bello dei marinai e mi portasse via, altrove, scaricandomi di peso nella sua auto.
Sono sicura di ben poche cose nella vita, ma so che questo certamente non succederà, perché lui, anche se giura di voler fuggire, anche se parla di rivoluzione, è immobile come la statua di gesso di Paolo Segneri fuori l'istituto.
Ripenso a quello che ci siamo detti.

"Toccami".
"Il tuo problema Gioia è che ti piace troppo".
"Mi ferisci se dici cosi. Che vuol dire?".
"Hai capito che voglio dire. Non l'avrei voluto leggere nemmeno io, mi dispiace. E adesso te ne devi andare, perché tra poco arriva mio padre, meglio se non ti trova qua".

Sirio è bello, soprattutto quando suona la batteria, quando i riccioli sudati si appiccicano al suo collo taurino, ma è troppo fragile. Non riesce ad opporsi al padre, che ha perso la moglie troppo in fretta e sfoga la tristezza e la cintura dei pantaloni sul figlio.
Sirio si riferisce alla nomina che mi sono fatta a scuola, a quello che è successo qualche mese fa. Era comparsa una frase, enorme, fatta con la bomboletta nera, sul muro d'ingresso, proprio sulla curva che fanno tutti per entrare e che è possibile vedere anche dalla strada, anche da lontano, senza bisogno di avvicinarsi all'istituto.
Sirio mi piace un casino, ma non è la soluzione.

C'era scritto: *Gioia troia del Dante.*
L'hanno letta proprio tutti, compresa la mia famiglia, e non è un mistero sapere a chi è riferita, dato che io sono l'unica Gioia della scuola, qualcuno potrebbe trovare una certa ironia in questa frase.
Tra i tanti, anche i miei cugini, quelli della parte della falegnameria, che sono rimasti troppo a lungo a contatto con la segatura, che li ha avvolti, come una patina, come una copertura dalla quale non sanno uscire, come il grigiore per questo posto.
E così, senza cogliere il vero messaggio della frase, si sono messi alla ricerca di Dante, e il fato infame ha voluto che davvero ci fosse un povero ragazzo di nome Dante nella scuola. L'hanno seguito, e in un pomeriggio piovoso d'autunno lo hanno trovato in una macchina al parcheggio dell'ipermercato assieme a suo fratello. Avevano appena fatto la spesa, come ogni giovedì, in auto con le buste di plastica, perché la gente di provincia è metodica. Li hanno pestati a sangue entrambi: una scarica di pugni, di insulti, di minacce, di nocche dure sulla faccia li hanno sorpresi ed investiti. Si sono pigliati la furia violenta dei miei cugini senza neanche saperne il perché.
Loro rimangono impuniti, come i bruti di ogni cittadina che si rispetti.
Penso a tutte le volte che ciò accade in una provincia solitaria e depressa come la nostra. Penso alle vie di fuga che ancora mi rimangono prima che lo squallore avvolga anche me, come è successo a gran parte della mia famiglia, come uno spavento, come la morte spesso fa. Intanto un altro sparo, lontano, nel buio.

INDICE

SPONSOR

Gli organizzatori del contest

Associazione culturale Scream Italia (radioscreamitalia.it)
Associazione culturale che ha come scopo la promozione della cultura in tutte le sue forme. Persegue il suo intento attraverso l'emittente radiofonica Radio Scream Italia e le iniziative legate all'informazione.

Diario di Rorschach (diariodirorschach.com)

Sito web di recensioni, nato da un'idea di Alessandro Falanga e Antonio Soda nel 2016. Con l'obiettivo di condividere le passioni, è riuscito negli anni a ritagliarsi un proprio spazio tra gli appassionati di libri e fumetti. Nel tempo ha costruito un rapporto particolare con lo scrittore noir Massimo Carlotto (intervistato per ben due volte) e con diverse realtà dell'editoria, della musica e della letteratura locale e nazionale.

Just Kids Magazine (www.justkidsmagazine.it)
Rivista indipendente online di musica ed arte, raccoglie recensioni di libri e dischi, interviste ad artisti italiani e stranieri, report di concerti e spettacoli. Siamo alla costante ricerca di collaboratori

Moose Software s.r.l. (https://www.moose-software.it)
Azienda informatica, attenta alle nuove tecnologie e pronta a promuovere le iniziative culturali. Sempre alla ricerca dell'eccellenza in Italia, persegue il suo obiettivo ponendosi come partner ideale per le iniziative di business delle aziende.

Printed by Amazon Italia Logistica S.r.l.
Torrazza Piemonte (TO), Italy

22292906R00164